Gitta Edelmann
CANTERBURY BLUES

Gitta Edelmann

CANTERBURY BLUES

Ein Krimi aus Kent

DRYAS

Das für dieses Buch eingesetzte Papier ist ein Produkt
aus nachhaltiger Forstwirtschaft.

1. Auflage 2016

Herausgeber: Dryas Verlag, Frankfurt am Main,
gegr. in Mannheim.

Herstellung: Dryas Verlag, Frankfurt am Main
Lektorat: Kristina Frenzel, Berlin
Korrektorat: Birgit Rentz, Itzehoe
Umschlaggestaltung: © Guter Punkt, München (www.guter-punkt.de)
unter Verwendung von Motiven von Thinkstock und Shutterstock
Grafiken: © paulrommer – thinkstock
Satz: Dryas Verlag, Frankfurt am Main
Gesetzt aus der Palatino Linotype
Druck: CPI books GmbH, Ulm

Bibliografische Information der Deutschen Bibliothek:
Die Deutsche Bibliothek verzeichnet diese Publikation in der Deutschen
Nationalbibliografie, detaillierte bibliografische Daten sind im Internet
über http://dnb.ddb.de abrufbar

ISBN 978-3-940258-64-9
www.dryas.de

Für Anne,
mit der ich zum ersten Mal in Canterbury war
und in London
und in Ramsgate
und …

Prolog

… und am 9. Dezember kommt diese deutsche Schriftstellerin. Sie wird, denke ich, ein paar Tage bleiben, um für ihr Buch zu recherchieren, und dann nach Canterbury zurückkehren, wo sie zu Besuch ist, wenn ich das richtig verstanden habe. Von dort aus kann sie ja auch kurz noch einmal hierher kommen, falls weitere Fragen auftreten. Ich glaube nicht, dass dieser Aufenthalt uns Umstände bereiten wird, wir werden einfach ein paar Tage lang einen Gast auf Feniston Park haben.

Bezüglich ihres Buchprojektes hat sie mir versichert, dass sie die tragische Geschichte von Amelia und Felix nur als Anregung versteht. Sie wolle kein Sachbuch schreiben, sondern einen völlig fiktionalen Liebesroman im Setting eines alten englischen Landhauses.

Ich erwarte, dass alle auf Feniston Park die Autorin bei ihrer Recherche unterstützen …

Ich erwarte blablabla. Diese E-Mail hat gerade noch gefehlt, um die Stimmung so richtig in den Keller zu treiben. Eine Liebesromanautorin auf Feniston Park! Eine Frau, die überall herumschnüffelt und alte, fast vergessene Geschichten wieder aufwärmt. Und das ausgerechnet jetzt! Wie hat sie überhaupt von Amelia erfahren? Man wird sich um diese Autorin kümmern müssen!

Kapitel 1

Ella Martin starrte auf das riesige Gebäude am Ende der Auffahrt, dem sie sich langsam näherten. »Landhaus« war nicht das richtige Wort dafür. Sie hätte es eher als Schloss bezeichnet. Eigentlich, so fand sie, hätte man jetzt unter den Reifen Kies knirschen hören müssen, doch die Familie Buckton war im 21. Jahrhundert angekommen und der Weg war glatt asphaltiert.

Kurz bevor sie das Haus erreichten, bog James hinter einer Hecke nach links in einen Parkplatz ein, der mit »Private« gekennzeichnet war.

»Alles ganz normale Autos«, stellte Ella fest. »Schade, ich hatte auf einen Rolls-Royce gehofft.«

James lachte. »Falls sie doch einen haben, steht der bestimmt in einer Garage und nicht hier.«

Ella stimmte in sein Lachen ein. »Naja, noch kenne ich mich mit adeligen Landsitzen und ihren Besitzern nicht aus. Aber ich werde sicher einiges herausfinden!«

»Das wirst du.«

Beide stiegen aus und James hob Ellas Reisetasche aus dem Kofferraum.

»Danke fürs Fahren, James!«

Er hielt einen winzigen Moment lang in seiner Bewegung inne. Ella schluckte. Warum fiel es ihr immer noch so schwer, ihn Dad zu nennen? Gut, es war kein Jahr her, dass sie einander kennengelernt hatten, und die Umstände waren auch ein wenig kompliziert gewesen. Aber obwohl sie an James durchaus als Vater dachte, brachte sie es nicht über sich, ihn so anzusprechen.

»Kein Problem.« James lächelte wieder. »Ich fahr ja gleich noch nach Rye zu einem alten Kollegen von der Uni. Ist übrigens ein malerisches Städtchen. Ich könnte es dir zeigen, wenn ich dich abhole. Müsstest nur andere Schuhe anziehen.«

Ella sah hinunter auf ihre hochhackigen Stiefeletten.

»Kopfsteinpflaster«, erklärte James lakonisch.

»Abgemacht!« Ella griff nach ihrer Reisetasche. Sie zögerte, stellte sie wieder ab und umarmte James zum Abschied. Dann nahm sie ihr Gepäck und steuerte den linken Seiteneingang des herrschaftlichen Gebäudes an.

Der Haupteingang würde nur in den Sommermonaten benutzt, hatte man ihr bereits am Telefon erklärt, für Führungen durch die offiziellen Räume. Klar, so einen großen Landsitz konnte sich eine Familie heutzutage kaum leisten, da mussten Touristen mit ihren Eintrittsgeldern schon mithelfen. Oder Institutionen wie die BTF, auf deren Büro im rechten Flügel von Feniston Park ein Schild an der Einfahrt hingewiesen hatte. Was wohl hinter dem Kürzel steckte?

Ein Tropfen landete auf Ellas Wange. Sie warf einen Blick zum Himmel. Vorhin, als sie durch das Dorf gefahren waren, war die Wolkendecke kurz aufgerissen, sodass Feniston Park sich bei ihrer Ankunft noch im schönsten Licht gezeigt hatte. Nun aber kündigte sich bereits der nächste Schauer an. Immerhin war sie schon fast im Trockenen.

Neben der schmucklosen dunkelbraunen Eingangstür, die in früheren Zeiten wahrscheinlich nur von Angestellten oder Lieferanten genutzt worden war, befanden sich zwei schlichte Klingelschilder mit den Initialen H. B. und E. B. Ella zögerte, klingelte dann aber bei E. B. – Edgar Buckton. Ein wenig schneller schlug ihr Herz jetzt tatsächlich. Sie wurde von einem echten Baron erwartet!

Kapitel 2

Es war nicht der Baron, der die Tür öffnete, und auch kein Butler. Stattdessen sah sich Ella einer zierlichen Frau um die vierzig gegenüber, der sie bequem auf die gescheitelten Locken schauen konnte. Sie trug Jeans und einen hellen Aran-Pullover und streckte Ella sofort die Hand entgegen.

»Sie müssen die Autorin sein«, sagte sie. »Kommen Sie schnell herein, es ist heute ein wenig feucht draußen.« Ihr Händedruck war kurz und fest. Gleichzeitig winkte sie Ella mit der Linken einladend ins Haus und schlug, kaum dass sie die Schwelle überschritten hatte, die Tür zu.

Ella zuckte zusammen.

»Sorry, die Tür verzieht sich immer ein bisschen bei diesem Wetter und schließt dann schlecht«, erklärte die Frau. »Kommen Sie, hier können Sie Ihre Jacke aufhängen.« Sie zeigte auf einen langen, schmalen Raum, der links vom Korridor abging und offenbar als Garderobe genutzt wurde.

Gehorsam hängte Ella ihre Jacke auf einen Bügel an der Kleiderstange.

»Haben Sie einen Regenmantel dabei?«, fragte die Frau, wartete aber Ellas Antwort nicht ab. »Sonst nehmen Sie sich einfach ein Cape, wenn Sie rauswollen. Es ist für die ganze Woche Regen angesagt. Andererseits kann es genauso gut auch schön werden.«

Ella nickte und sah sich um: Der Garderobenraum verfügte neben zahlreichen Haken, an denen Regenkleidung und Jacken hingen, über eine Holzbank, auf der mindestens drei Leute gleichzeitig sitzen und ihre Schuhe anziehen konnten.

»Welche Schuhgröße haben Sie?«

»Äh, sechs.«

»Dann sollten Ihnen diese Gummistiefel passen.« Die Frau zeigte auf ein Paar rote Stiefel mit weißen Punkten, das zusammen mit anderen grauen und farbenfrohen Modellen unter der Bank stand. »Sie werden ja sicher den Park und Amelias Platz besichtigen wollen.«

Bevor Ella etwas darauf erwidern konnte, hatte sich die Frau ihre Reisetasche geschnappt und eilte weiter ins Innere des Hauses.

»Ich bin übrigens Grace«, erklärte sie. »Ich bring Ihre Sachen mal nach oben – wir haben Sie im Blauen Zimmer einquartiert. Sie können auch gleich mit Ed sprechen, der wartet, glaube ich, schon. Hier ist sein Arbeitszimmer.«

Grace hielt abrupt vor einer Tür auf der rechten Seite, und Ella, die ihr schnell gefolgt war, konnte gerade noch rechtzeitig stehen bleiben, um sie nicht umzurennen. Es war eine Sicherheitstür, wie Ella am Beschlag erkannte. Warum so ein Einbruchschutz für ein Arbeitszimmer innerhalb eines Hauses? Was um alles in der Welt tat der Mann denn? Ella runzelte die Stirn. Verflixt, das hatte sie vergessen nachzulesen. Sie war einfach zu glücklich gewesen, dass ihre Anfrage, Feniston Park zur Recherche besuchen zu dürfen, so positiv aufgenommen worden war. Man hatte sie sogar eingeladen, ein paar Tage im Haus zu bleiben.

Grace klopfte viermal kräftig, es summte und sie schob die Tür auf. »Ella Martin ist hier«, verkündete sie und verschwand umgehend mit Ellas Gepäck.

»Ah, Ms Martin. Kommen Sie herein! Ich freue mich, Sie kennenzulernen«, tönte eine Männerstimme.

Ella trat ein. Der Mann hinter dem ausladenden Schreibtisch mit zwei stattlichen Bildschirmen stand auf und lächelte. Auch er war nicht besonders groß. Er kam ihr entgegen, schüttelte ihr die Hand und wies auf die Sessel im Erker, deren Bezüge große, violette Chrysanthemen schmückten.

»Ich freue mich auch, Lord Buckton.« Ella lächelte höflich und war froh, dass sie auf der Website von Debrett's nachgelesen hatte, wie man einen Baron anredete.

»Ach, nennen Sie mich doch Ed!«, sagte er.

Wunderbar, das war noch einfacher.

»Ella.« Sie hätte besser die flachen Stiefeletten anziehen sollen. Es war ein komisches Gefühl, einen englischen Baron so von oben herab anzuschauen, obwohl er das gewohnt sein musste. Ella setzte sich schnell.

Wie alt er wohl war? Vierzig? Fünfundvierzig? Trotz seiner geringen Körpergröße sah er gut aus, glatt rasiert, mit vollem Haar und einer Brille, die entweder besonders stylisch oder doch irgendwie nerdig war.

»Ich habe leider recht wenig Zeit, mich um Sie zu kümmern«, erklärte Ed. »Aber Sie können sich jederzeit an

Grace wenden, sie ist sehr umtriebig und weiß immer eine Lösung.«

Ella lächelte und nickte.

»Und was die Familiengeschichte angeht – da finden Sie einiges an Unterlagen auf dem Tisch in der Bibliothek. Ich habe Ihnen schon etwas herausgesucht. Außerdem lebt meine Tante Heather im Haus. Sie hat als Kind Amelia noch gekannt. Sie interessieren sich ja wohl hauptsächlich für die tragische Geschichte meiner Großtante, nicht wahr?«

Ella nickte erneut und setzte zu einer Erklärung an, doch Ed erhob sich bereits.

»Nun, dann wünsche ich Ihnen schöne Tage auf Feniston Park. Wir sehen uns später beim Abendessen.« Er ging zur Tür und hielt sie für Ella auf.

Kaum stand sie auf dem Gang, wurde die Tür auch schon wieder geschlossen. Ob der Baron immer so kurz angebunden war? Hoffentlich waren wenigstens seine Frau und seine Tante ein bisschen offener. Ella atmete tief durch und ging weiter in die Richtung, in die Grace zuvor verschwunden war.

»Hello?« Ellas Stimme hallte durchs Treppenhaus. An die Eichentür mit dem Messing-Türklopfer neben der Treppe hatte sie bereits geklopft – ohne Erfolg.

»Kommen Sie rauf!«, rief eine fröhliche Stimme zurück. »Rechts rum in die Küche.«

Erleichtert stieg Ella die Holzstufen hinauf, deren weinrote Teppichmatten ihre Schritte dämpften, und wandte sich dann zögernd nach rechts. Der Korridor, von dem mehrere Türen abgingen, war schlicht weiß gestrichen, doch an den Wänden hingen einige Gemälde, die zumindest auf den ersten Blick nach wertvollen Originalen aussahen. Aus der halb offen stehenden zweiten Tür auf der linken Seite drang Musik, die von lautem Geschirrklappern unterbrochen wurde. Es duftete nach frisch gebackenem Kuchen. Ella öffnete die Tür ganz und betrat eine große Küche. Vor einem riesigen, schwarz glänzenden AGA-Herd, bei dem eine der fünf Türen offen stand, balancierte Grace einen Kuchen in den Händen, die in Topfhandschuhen steckten.

»Ah, da sind Sie ja. Entschuldigen Sie, dass ich so schnell verschwunden bin, ich hatte noch was im Ofen.« Sie stellte den Kuchen zum Abkühlen auf ein längliches Drahtgestell auf dem Mittelblock und ließ die Topfhandschuhe daneben gleiten.

Ella trat einen Schritt näher.

»Ich hoffe, Sie mögen Apple Pie.«

Ella bejahte aus vollem Herzen. Die Pie duftete nicht nur so, dass ihr das Wasser im Mund zusammenlief, sie war auch bildschön. Durch die kunstvoll ausgestochenen, apfelförmigen Löcher in der oberen Teigschicht konnte Ella gebackene Apfelwürfel und Rosinen erkennen. Der Baron und seine Frau schienen in Grace eine echte Perle gefunden zu haben.

»Fein, die gibt es heute zum Nachtisch. Haben Sie jetzt schon Hunger? Wir essen hier immer recht spät zu Abend, aber Sie können bis dahin gerne noch ein Sandwich haben. Oder soll ich Ihnen gleich mal die Bibliothek zeigen?« Grace wartete nicht auf eine Antwort, sondern eilte an Ella vorbei zurück auf den Korridor und winkte ihr mitzukommen.

Ella blieb keine Zeit, sich genauer in der Küche umzusehen.

»Die Bibliothek ist der einzige Raum im Haupttrakt von Feniston Park, den wir halbwegs regelmäßig privat nutzen«, erklärte Grace und steuerte zielstrebig auf eine breite Flügeltür zu. Sie drückte die Klinke herunter und hielt die Tür für Ella auf. »Jetzt ist keine Touristen-Saison, da können Sie sogar hier in Ruhe arbeiten, wenn Sie wollen. Oder eben oben im Blauen Zimmer. Dort gibt es auch einen Schreibtisch. Kommen Sie, ich zeig es Ihnen.«

Wieder konnte Ella nur einen kurzen Blick ins Innere des Raumes werfen: alte, dunkle Bücherregale, ein großer Tisch, Ledersessel und ein Fenstererker mit Aussicht auf den Park.

»Kommen Sie!«, wiederholte Grace und schloss die Tür. »Die Schlafzimmer sind oben.«

Ella folgte ihr zwei weitere Treppen hinauf und dann nach links. Dort stand eine der Türen offen. Grace blieb daneben stehen und deutete hinein.

»Das ist Ihr Zimmer«, sagte sie. »Ich hoffe, Sie mögen Blau.«

»Oh ja«, antwortete Ella und trat ein.

Das Zimmer war völlig anders, als sie es sich vorgestellt hatte. In diesem Haus hatte sie dunkle altmodische Möbel und groß geblümte Tapeten erwartet. Stattdessen fand sie sich in einem hellen Raum mit weißen Möbeln und blau gemusterten Stoffen wieder, der wunderbar in einen IKEA-Katalog gepasst hätte.

»Impressionen des letzten Schwedenurlaubs«, erklärte Grace. »Fühlen Sie sich wie zu Hause. Das Bad ist zwei Türen weiter. Abendessen gibt es um acht, kommen Sie einfach runter in die Küche! Ach ja, und falls Sie vorher noch in den Park wollen, ein Haustürschlüssel liegt auf dem Schreibtisch.« Sie wedelte mit der Hand in Richtung Fenster, dann schloss sie die Tür hinter sich.

Ella atmete tief durch und sah sich um. Dies mussten früher einmal zwei Zimmer gewesen sein, denn es gab eine zweite Tür ein paar Meter neben der, durch die Grace sie geführt hatte. Dennoch – übermäßig geräumig war der Raum nicht: ein breites Bett, ein Schreibtischchen mit einem bequem aussehenden Bürostuhl, ein kleines Sofa und ein großer Schrank, vor dem Ellas Tasche stand.

Für die paar Tage lohnt es sich eigentlich nicht, die Sachen in den Schrank zu räumen, dachte Ella.

Sie trat an den Schreibtisch, der halb vor dem Fenster stand, das bis fast zum Boden reichte. Es musste angenehm sein, hier zu schreiben und zwischendurch in den Park hinauszuschauen, wenn die Sonne schien und Blumen blühten. Doch jetzt dämmerte es schon und die Aussicht war ernüchternd: schräge Regenschnüre vor grauem Hintergrund mit den Gespenstern kahler Bäume.

Genau so hatte es vor drei Wochen in Bonn ausgesehen, als sie von Sylvia nach Hause gelaufen war – bis auf die Haut durchnässt, aber zu stolz, um zurück zu ihrer Schwester zu gehen und den Schirm zu holen, den sie nach ihrem Streit liegen gelassen hatte. Ella erinnerte sich nur zu gut an jenen Abend.

Kapitel 3

»Und – alles ruhig?« Sylvia ließ sich neben Ella auf das Sofa plumpsen, griff in deren Chipstüte und steckte sich ein paar Chips in den Mund. Dann runzelte sie die Brauen und sah die Tüte genauer an.

»Alles ruhig«, antwortete Ella. »Lisa musste vorhin noch mal Pipi, aber die Kleinen schlafen tief und fest.« Sie zeigte in Richtung des Babyfons, dessen Gegenstück im Kinderzimmer am anderen Ende der Wohnung stand.

»Danke, dass du eingesprungen bist. Sven wollte ja eigentlich heute zurück sein, aber …«

Ella winkte ab. »Kein Problem.«

»Was guckst du? Was Historisches?« Sylvia wandte sich dem Fernseher zu, in dem den altmodisch-eleganten Gästen einer Gartenparty gerade eine gewisse Agatha Christie vorgestellt wurde, und zog die Beine an.

»Äh, nicht ganz«, gab Ella zu. »Ich mach besser aus.«

»Nee, lass mal!« Sylvia griff nach der DVD-Box, die auf dem Couchtisch lag. »Ach du dickes Ei – nicht schon wieder! Doctor Who. So langsam glaube ich, du brauchst einen Doktor, aber einen richtigen.«

»Ich hab doch gesagt, ich mach aus!« Ella schnappte

sich die Fernbedienung und das Bild einer riesigen Wespe verschwand.

Sylvia schüttelte den Kopf. »Ella, ehrlich: Du isst Chips mit Essiggeschmack, schaust eine Staffel von dieser komischen Doctor-Who-Serie nach der anderen und machst Großeinkäufe im English Shop. Wäre es nicht einfacher, du würdest zurück nach Canterbury gehen?«

»Aber ...«

»Ich glaube, heute ist ein ernstes schwesterliches Gespräch fällig. Ich hol uns jetzt mal ein Bierchen. Kölsch?«

»Lieber ein Guinness, wenn du noch eins hast.«

»Siehst du!«, rief Sylvia auf dem Weg in die Küche. »Wusste ich's doch. Wir müssen reden.«

Aber Ella war nicht nach Reden zumute. Nicht, wenn es um das halbe Jahr ging, das sie zur Recherche für ihren Roman in England verbracht hatte. Natürlich hatte sie Sylvia nach ihrer Rückkehr alles ausführlich berichtet: von ihren neuen Freunden im Chor und der Clique im Pub, von den beiden Kriminalfällen, in die sie zufällig geraten war, und von Tom und Alex. Doch statt Ellas Entscheidung, nach Deutschland zurückzukehren, zu verstehen und gutzuheißen ...

»Bitte schön!« Sylvia knallte Ella eine offene Flasche Guinness so auf den Tisch, dass ein wenig von dem dicken, weißen Schaum aus der Öffnung trat und am dunklen Glas hinunterlief. Sich selbst hatte sie eine Flasche Kölsch mitgebracht. »Gläser gibt's heut nicht, die Spülmaschine ist kaputt«, erklärte sie und ließ sich neben Ella aufs Sofa fallen. Sie hob ihre Flasche und sah Ella auffordernd an.

Ella griff nach dem Guinness und stieß mit ihrer Schwester an. Schweigend tranken beide einen Schluck. Hoffentlich hatte Sylvia das angekündigte ernste Gespräch vergessen, sie schien jetzt ihren eigenen, trüben Gedanken nachzuhängen. Verständlich – so eine kaputte Spülmaschine war in einer Großfamilie mit kleinen Kindern ein echtes Problem.

»Hast du inzwischen mal was Neues geschrieben?«, fragte Sylvia nach einer Weile.

Ella schüttelte den Kopf. Dieses Thema war zum Glück unverfänglich.

»Ich warte aufs Lektorat von meinem Canterbury-Roman.«

»Sonst hast du immer schon am nächsten Buch gearbeitet, sobald du ein Manuskript abgegeben hattest.«

Ella zuckte mit den Achseln. »Diesmal eben nicht.«

»Du sitzt also rum und hängst deinen Erinnerungen nach«, Sylvia kräuselte die Lippen, »statt dort vor Ort mal ein paar Sachen zu klären und dann mit deinem Leben so oder so weiterzumachen. Was ist jetzt mit diesem Police Inspector?«

»Detective Inspector«, verbesserte Ella automatisch. »Und nichts ist. Ich habe nichts von Alex gehört.«

»Hast du dich bei ihm gemeldet?«

»Nein.«

Sylvia rollte mit den Augen. Sie griff nach Ellas Handy, das auf dem Couchtisch lag, und streckte es ihr entgegen.

»Los – ruf ihn an! Oder schick wenigstens eine SMS.«

Ella nahm das Handy und legte es zurück auf den Couchtisch. »Es ist kompliziert.«

»Weil du mit Cousin Tom was hattest, während du in Alex verliebt warst?«

»Ich dachte doch, er sei verheiratet.«

»Manchmal bist du zu anständig.« Sylvia schüttelte den Kopf und trank ein paar Schlucke. »Was ich nicht verstehe: Jetzt weißt du, dass er frei ist, mit Tom ist Schluss, und du sitzt trotzdem hier rum. Aber vielleicht hast du es auch nur mal wieder gebraucht, unglücklich nach Hause zu fliehen. So wie mit Lucas – als eure Ehe schwierig wurde, hast du ihn kurzerhand in Australien zurückgelassen.«

Ella wollte protestieren, doch Sylvia hob die Hand und redete weiter. »Und João in Portugal.«

»Der hatte mich betrogen …«

»Und jetzt Alex in England. Verdammt, Ella! Wenn's nicht glatt läuft, haust du einfach ab.« Ella öffnete den Mund, doch Sylvia ließ sie nicht zu Wort kommen. »Und dann lässt du dich hier wieder aufpäppeln. Aber ich hab vier Kinder und genug eigene Probleme. Ich mag nicht mehr. Geh zurück nach Canterbury und bring das in Ordnung, statt bei mir rumzuhängen!«

Ella sprang auf. »Du verdrehst da einiges«, zischte sie. »Ich war heute hier, um auf deine Kinder aufzupassen. Und das nicht zum ersten Mal, weil dein lieber Gatte das mit Beruf und Familie nicht auf die Reihe kriegt und dich immer wieder im Stich lässt. Wenn du glaubst, jemand sollte was klären, dann mach du das!«

»Ich weiß nicht, warum du so aggressiv werden musst.« Sylvia schüttelte den Kopf. »Ich mein's doch nur …«

»Verdammt, misch dich einfach nicht ein!« Ella holte ihre DVD aus dem Player und steckte sie in die Hülle.

»Du bist feige, Ella.«

Ella kniff die Lippen zusammen, warf DVD und Handy in ihre große Beuteltasche und zog energisch den Reißverschluss zu. »Ich hab keine Lust zu streiten«, sagte sie, schlüpfte in ihre Stiefeletten und verließ das Zimmer. Im Flur griff sie nach ihrem Mantel und öffnete die Haustür.

»Nimm dein Bier mit!«, fauchte Sylvia und kam ihr nach, um ihr die halb volle Flasche in die Hand zu drücken und sie aus dem Haus zu schieben.

Die Tür schlug ins Schloss. Ella fand sich auf der Straße wieder, den Mantel in der einen, die Flasche Guinness in der anderen Hand. Mist! Zuletzt hatten Sylvia und sie gestritten, als sie zehn Jahre alt gewesen waren. Sie zögerte. Ein Bus fuhr an ihr vorbei, der nächste würde erst in einer halben Stunde kommen. Es blieb ihr wohl nichts anderes übrig, als zu laufen. Sie stellte die Flasche vor Sylvias Haustür und machte sich auf den Weg durch schräge Regenschnüre vor grauem Hintergrund. Die kahlen Bäume auf der Poppelsdorfer Allee standen Spalier wie zwei Reihen wachsamer Gespenster.

Kapitel 4

Mit einem Ruck fand sich Ella in der Gegenwart wieder. Sie lächelte. Natürlich hatten Sylvia und sie sich am nächsten Tag versöhnt. Sylvia hatte sie dabei gebeten, noch einmal als Babysitter einzuspringen, um tatsächlich mit ihrem Mann in Ruhe und auf dem neutralen Boden eines Restaurants über die familiäre Arbeitsteilung zu reden. Und Ella hatte eine Mail nach England geschickt. Nicht an Alex, aber immerhin an ihre Freundin Mary Ann. Es war eine ganz allgemeine gewesen mit der Frage, wie es denn allen so gehe.

Wie gewohnt hatte Mary Ann zunächst einmal nicht reagiert. Erst drei Tage später war ihre Antwort per Mail eingetrudelt, gerade während Ellas Telefonat mit dem Verlag über das nächste Buch. Ella hatte sie natürlich sofort angeklickt und gelesen.

»Könnten Sie sich vielleicht doch vorstellen«, hatte die Stimme der Programmleiterin geträllert, »statt des Künstlermilieus so ein richtig schönes altes englisches Landhaus als Hintergrund der Story zu nehmen? Und ein paar Adelige? In unserer Vertreterkonferenz …«

»Wir vermissen dich«, hatte Ella gleichzeitig gelesen.

»Im Pub wird es auch immer einsamer, seitdem du weg bist und Tom letzte Woche nach Kanada abgeflogen ist. Er hat dort einen neuen Job. Hast du nicht Lust, uns zu besuchen?«

»Oh ja!«, war es ihr herausgerutscht.

»Gut«, hatte die Programmleiterin gesagt, »dann schicken Sie uns doch so bald wie möglich eine kurze Inhaltsangabe, damit unsere Grafikerin schon mal einen Covervorschlag machen kann.«

Wie die Jungfrau zum Kind, dachte Ella. Das mit dem Multitasking war in diesem Fall ziemlich nach hinten losgegangen, denn auf englische Adelige und Landhaus hatte sie eigentlich keine Lust gehabt. Doch der Verlag wollte auf den Erfolgszug von Downton Abbey aufspringen, und so war es gekommen, dass sie nun im Blauen Zimmer von Feniston Park stand und versuchte, sich zu erinnern, was Grace über das Badezimmer gesagt hatte. War das nebenan?

Ella trat hinaus auf den Gang. Ebenso wie in den unteren Stockwerken hingen hier Bilder, allerdings sahen diese wie liebevoll gerahmte Kinderzeichnungen aus. Die Bucktons hatten eine Tochter, erinnerte sich Ella – ob sie die Künstlerin war?

Vorsichtig öffnete Ella die Tür nebenan und sah hinein. Es war nicht das Bad, sondern ein weiteres Gästezimmer, das fast so aussah wie ihres, nur dass statt blau-weißer Polster, Kissen und Tagesdecke alle Textilien rot-weiß waren. Das musste also das Rote Zimmer sein.

Gespannt drückte sie die nächste Türklinke herunter und spähte in den Raum. Das Bad – sehr gut!

Zufrieden kehrte Ella ein paar Minuten später zurück. Die Dusche hatte modern und funktionstüchtig ausgesehen und das Wasser war beim Händewaschen angenehm warm geworden. In ihrem Zimmer war es inzwischen ziemlich dämmrig. Sie blieb an der Tür stehen und schaltete das Licht ein. Ah, besser! Sie ging durch den Raum, knipste auch die Schreibtischlampe an und machte sich daran, den Laptop und ihre Unterlagen auszupacken. Beides platzierte sie auf dem Schreibtisch und beschloss, doch einige Kleidungsstücke in den Schrank zu legen. Sie öffnete die beiden linken der vier Türen. Der Schrank wirkte unbenutzt – entweder die Bucktons hatten nie Gäste oder das Zimmer war erst kürzlich frisch renoviert worden. Oder die vorherigen Besucher lebten so gerne aus dem Koffer wie Ella und ihre Schwester.

Die verbleibenden Stunden bis zum Abendessen verbrachte Ella am Schreibtisch. Sie sah ihre ersten Notizen durch und runzelte die Stirn. Englische und deutsche Passagen standen wild durcheinander. Sollte sie sich nicht besser auf eine Sprache konzentrieren? Das Manuskript würde sie auf Deutsch schreiben, aber ihre Informationen auf Englisch bekommen. Ach, im Grunde war das egal, schließlich waren es ihre Notizen und niemand anderes musste sie lesen können.

Als Grundlage für den neuen Roman diente ihr eine echte Liebesgeschichte, die ihre Freundin Agatha ihr erzählt hatte. Die alte Dame war sogar persönlich mit der Cousine des Barons bekannt. Ein echter Glücksfall! Ob man Ella sonst hierher eingeladen hätte, bezweifelte sie. Nun musste sie nur noch schauen, wie sie das vom Verlag gewünschte Happy End hinkriegte. Vielleicht über ein paar Nebenfiguren? Die Tragik der eigentlichen Geschichte zu ruinieren wäre irgendwie Verschwendung.

Felix und Amelia – starcrossed lovers –, unglücklich Liebende wie Romeo und Julia: er ein Findelkind und sie die Tochter eines Großindustriellen. Natürlich war ihre Familie gegen die Verbindung mit einem jungen Mann ohne Vermögen und mit zweifelhafter Abstammung gewesen – Ende der 1920er Jahre hatte noch eine Menge Standesdünkel geherrscht. Amelias Schwester dagegen hatte einen Baron geheiratet, das hatten ihre Eltern sicher gern gesehen. Felix war zur Marine gegangen, um dort Karriere zu machen, und die Liebenden hatten sich trennen müssen. Wahrscheinlich waren sie jahrelang nur mit Mühe und heimlich in Kontakt geblieben. Kaum vorstellbar heutzutage.

In dem nicht allzu ausführlichen Artikel, den Agatha Ella aus einem ihrer alten Bücher über Landhäuser in Kent kopiert hatte, hieß es noch, dass Amelia bei ihrer Schwester auf Feniston Park gelebt hatte und »kränklich« gewesen war. Doch was bedeutete das? War sie körperlich krank gewesen oder vielleicht depressiv? Letzteres schien wahrscheinlich, wenn man an ihr späteres Schicksal dachte. Oder hatte sie ihr Leiden nur vorgeschoben, um nicht einen anderen Mann heiraten zu müssen? Sie hatte sich um die Kinder ihrer Schwester gekümmert, Rupert und Heather. Und Heather, die Tante des Barons, die jetzt wieder hier im Haus lebte, sollte Ella am Abend kennenlernen. Das war ein weiterer Glücksfall – wann sonst konnte sie die Figuren einer Geschichte persönlich befragen? Andererseits musste sie vorsichtig sein mit dem, was sie schrieb, um niemanden vor den Kopf zu stoßen.

Amelia hatte sich umgebracht – nur zwei Tage bevor Felix während seines Fronturlaubs nach Feniston Park gekommen war, um sie endlich zu heiraten. Hatte sie davon gewusst? Oder hatte sie die Hoffnung aufgegeben, ihn je wiederzusehen? Wahrscheinlich eher Letzteres. Sicher hatte er seine freien Tage im Krieg nicht planen können. Und die Briefe von der Front hatten damals vermutlich nicht alle ihr Ziel erreicht, geschweige denn pünktlich. Vielleicht hatte Amelia sogar geglaubt, Felix sei gefallen, weil sie nichts von ihm gehört hatte.

Nun, was auch immer geschehen oder nicht geschehen war, sie war schließlich ins Wasser gegangen und Felix hatte zwei Tage später ein Trauerhaus vorgefunden. Daraufhin hatte auch er seinem Leben ein Ende gesetzt. Wie alt war Heather damals gewesen? Sieben oder acht. Ja, in dem Alter konnte man Erinnerungen speichern.

Ella stand auf, ging um den Schreibtisch herum zum Fenster und starrte hinaus in den Regen. Sie selbst war sieben gewesen, als ihre Mutter gestorben war.

Kapitel 5

Ellas Magen knurrte gewaltig. Sie hätte Grace' Angebot, ihr ein Sandwich zu machen, doch besser annehmen sollen. Und vielleicht konnte sie nachher auch ein Glas und eine Flasche Wasser mit nach oben nehmen. Diese Lauferei zum Bad, um sich etwas zu trinken zu holen, war lästig und der Zahnputzbecher auch nicht ideal.

Sie zog ein tannengrünes Strickkleid und flache Schuhe an – sicher gehörte sich in dieser Umgebung das Umziehen fürs Dinner. Dann ging sie ein letztes Mal ins Bad, um vor dem Schminkspiegel etwas Lippenstift aufzulegen. Zarter Essensduft stieg ihr in die Nase. Sie schnupperte – irgendetwas Asiatisches. Ihr Magen knurrte erneut und sie warf einen Blick auf die Armbanduhr. Noch zehn Minuten musste sie überbrücken; sie wollte auf keinen Fall zu früh zum Essen erscheinen. Ob sie ihr Haar doch schnell hochstecken sollte? Es war nun überschulterlang und sah offen ziemlich langweilig aus.

Ella hob einzelne Strähnen an und probierte die Wirkung aus. Dann entschied sie sich dagegen. Schließlich war sie nicht hier, um einen umwerfenden optischen Eindruck zu hinterlassen. Sie grinste ihr Spiegelbild an, schaute erneut auf die Uhr – noch vier Minuten. Sehr, sehr langsam verließ sie das Badezimmer und schritt die halbrunde Treppe hinab, dem Curryduft und dem Klappern von Geschirr entgegen.

Grace, immer noch in Jeans und Pullover, stellte gerade Schüsseln in die Spülmaschine, als Ella durch die Tür trat. Von den Bucktons war nichts zu sehen.

»Ah, da sind Sie ja schon. Ich hoffe, Sie erwarten kein vornehmes Dinner. Wenn keine Gäste da sind, essen wir immer in der Küche.«

Aha, dachte Ella. Ich bin also kein Gast?

Grace lachte, als hätte sie ihre Frage gehört. »Mir wurde gesagt, Sie würden keine Umstände machen wollen, Sie wären ja zum Arbeiten hier. Und in der Küche ist es auch viel wärmer und gemütlicher als im Esszimmer.« Sie deutete in Richtung Korridor und wandte sich dann wieder der Spülmaschine zu, um Besteck einzulegen. Dabei sprach sie weiter mit Ella: »Sie können die Küche übrigens gerne um die Mittagszeit benutzen. Bei uns macht sich meistens jeder selbst ein Sandwich oder einen Salat. Schauen Sie einfach in den Kühlschrank, wenn Sie etwas brauchen.«

»Gerne, vielen Dank!«, erwiderte Ella und sah sich um.

Die Küche war groß genug für einen ovalen Esstisch mit sechs Stühlen. Ella registrierte einen schmalen silbernen Kerzenständer mit einer einzelnen Kerze und vier Gedecke. Wieso vier? Der Baron, seine Frau, die Tante, Ella – was war mit Grace? Aß das Personal separat? Dabei taten hier doch alle so locker und modern. Vielleicht stieß die Tante aber auch erst nach dem Essen zu ihnen.

»Guten Abend. Da ist ja unsere Autorin«, tönte es von der Tür her und eine alte Dame betrat die Küche.

Überraschenderweise erinnerte sie Ella an ein Mäuschen. Vielleicht weil auch sie höchstens ein Meter fünfundfünfzig groß war? Oder lag es an dem grauen Kleid, das den gleichen Farbton hatte wie ihr Haar? Oder an ihren flinken braunen Augen, die den Hausgast musterten, bevor sie die Hand ausstreckte?

»Es freut mich, Sie kennenzulernen, Miss Martin. Ich hoffe, es gefällt Ihnen bei uns und Sie werden ein schönes Buch über unsere Amelia schreiben.«

Ella nahm ihre Hand. »Ähm, ja, ich freue mich auch …« Sie zögerte.

Verflixt, wie hieß die Tante mit Nachnamen? Und hatte sie einen Titel, den man beachten musste?

»Heather, nennen Sie mich einfach Heather, so machen das alle hier.«

»Heather«, wiederholte Ella erleichtert. »Ich bin Ella.«

Die alte Dame ließ ihre Hand wieder los und setzte sich an den Tisch. »Grace, du kannst mir schon den Sherry bringen«, sagte sie und klopfte auf den Stuhl neben ihrem. »Ella, kommen Sie, setzen Sie sich zu mir! Sie müssen mir noch erzählen, wie Sie Agatha kennengelernt haben. Sie hat lange mit meiner Tochter Iris zusammen im Krankenhaus gearbeitet und die beiden sind gut befreundet.«

Befreundet? Das hatte Agatha nicht erwähnt. War das wieder so ein britisches Understatement gewesen, als sie gesagt hatte, dass sie Heathers Tochter kenne?

Heather lächelte und fuhr fort: »Ich erinnere mich an Iris' fünfzigsten Geburtstag …«

In diesem Moment wurde sie von Grace unterbrochen, die ihr ein Glas mit einer bronzefarbenen Flüssigkeit servierte. »Möchten Sie auch einen Sherry als Aperitif, Ella?«, fragte Grace. »Oder vielleicht einen Prosecco? Nicht ganz passend zum Curry, aber ich finde, Prosecco geht immer.«

»Gerne einen Prosecco«, antwortete Ella und wandte sich wieder Heather zu. »Ich habe Agatha im Heart of Gold in Canterbury kennengelernt.«

»Ach ja, dieser Charity Shop.« Heather nickte.

»Wir kamen ins Gespräch und sie lud mich zu einer Probe ihres Chors ein. Ich war damals ganz neu in England und kannte noch niemanden. Außerdem singe ich gern. So haben wir uns mit der Zeit näher kennengelernt und angefreundet.« Ella zögerte. Sollte sie von dem Häkelkränzchen mit Agatha und Dorothy erzählen? Oder von der Konzertreise nach Oxford?

»Ah, Sie singen also zusammen im Chor, wie schön!«

»Nicht mehr«, stellte Ella richtig. »Ich habe ein halbes Jahr in England gewohnt, bin aber im Sommer wieder nach Deutschland zurückgekehrt. Jetzt bin ich nur zu Besuch hier. Mein Vater lebt in Canterbury.«

»Und dann opfern Sie Ihre Zeit für uns und unsere Familiengeschichte?«

»Agatha hat mir von Amelia und Felix erzählt und die Geschichte wäre wunderbar für meinen neuen Roman. Natürlich wird das alles fiktionalisiert und ich werde gern …«

»Entschuldigt, ich hatte noch einen Anruf.« Ed kam in die Küche geeilt. »Du kannst servieren, Gracie.« Er lächelte und setzte sich neben seine Tante.

»Sofort!«, antwortete Grace überschwänglich und brachte zuerst einen, dann einen zweiten Tontopf zum Tisch. Schließlich balancierte sie drei Gläser Prosecco auf einem kleinen Tablett und stellte sie vor Ed, Ella und sich.

»Für mich nicht«, sagte Ed und wandte sich seiner Tante zu.

Grace zwinkerte Ella zu und schob ihr Eds Glas hin. Dann setzte sie sich neben Ella auf den letzten freien Platz.

»Sind wir schon vollzählig?«, fragte Ella leise.

Grace sah sie irritiert an. »Ja, natürlich«, antwortete sie. »Hatten Sie noch jemanden erwartet?« Sie runzelte kurz die Stirn. »Ach, Sie dachten bestimmt, unsere Tochter … Nein, Erica ist im Internat, sie kommt erst in den Weihnachtsferien.«

Endlich begriff Ella: Grace war Lady Buckton, Eds Frau. Die hob den Deckel vom Currytopf und ließ den köstlichen Duft des fernen Subkontinents in die englische Küche strömen.

Kapitel 6

»Ja, alles okay. Sehr nett – und sehr hilfsbereit. Die Tante will morgen mit mir zu dem Teich spazieren, in dem Amelia sich ertränkt hat. Jetzt hab ich noch den Stammbaum aus der Familienbibel, den lern ich besser gleich auswendig, damit ich weiß, wer wer ist. Aber du solltest im Bett sein, statt zu telefonieren.« Und mir nachzuspionieren, fügte Ella in Gedanken hinzu.

Bestimmt wollte Sylvia eigentlich nur hören, ob sie Alex bereits getroffen hatte. Hatte sie nicht. Und sie würde nicht darüber sprechen.

Als sie das Telefonat beendet hatte, war es still im Haus. Weder Verkehrslärm noch der Ruf eines Käuzchens, der gut in die romantische Umgebung gepasst hätte, war zu hören. Nicht einmal der Regen klopfte ans Fenster.

Ella war auf dieser Etage völlig allein. Heather hatte ihre eigene Wohnung im Erdgeschoss – es war ihre Tür neben der Treppe, an die Ella am Nachmittag vergebens geklopft hatte. Im ersten Stock gab es neben der Küche weitere Räume, die Ella noch nicht gesehen hatte – Grace hatte jedoch ein Esszimmer und ein Wohnzimmer erwähnt. Der zweite Stock war der Familie vorbehalten, dort schliefen die Bucktons, und auch ihre Tochter Erica hatte ihr Zimmer da, wenn sie zu Hause war.

Ob Ed und Grace ein gemeinsames Schlafzimmer hatten? Ella war an diesem Abend nicht ganz schlau aus dem Verhalten der beiden geworden. Sie gingen eher ungewöhnlich miteinander um. Manchmal hatte Ed seine Frau wie eine Hausangestellte behandelt, doch Grace' augenzwinkerndes Gehorchen schien eher ein Spiel zu sein. Gut, das war ihre Sache.

Ella zog sich aus und schlüpfte in Leggings und ein Shirt. Sie fröstelte, besonders warm war der Raum nicht. Im Bett unter der Decke war es angenehmer. Sie nahm die Blätter zur Hand, die Ed ihr aus der Familienbibel kopiert hatte: der Stammbaum der Bucktons – oder besser der der Latimers. Im Mittelpunkt stand Rose Latimer, daneben ihre Schwester Amelia – ihre Zwillingsschwester, wie Ella überrascht feststellte. Beide hatten dasselbe Geburtsdatum. Dann hatten sie sich vermutlich sehr nahegestanden.

Rose hatte The Right Honourable George Baron Buckton geheiratet und drei Kinder bekommen: Rupert, Heather und Stanley. Der jetzige Baron, Ed, war Ruperts Sohn. So weit, so gut. Heather war verwitwet und hatte zwei Töchter. Stanley, Roses Jüngster, hatte ebenfalls zwei Kinder, und drei Enkel gab es in dieser Linie auch.

Rupert und Stanley lebten nicht mehr. Damit war Heather die letzte ihrer Generation in dieser Familie. Sie war jetzt dreiundachtzig, rechnete Ella aus und sah sich die Geburts- und Sterbedaten genauer an. Heathers Mutter Rose war sechsundachtzig geworden, aber unter dem Namen des Vaters, George, stand nur das Geburtsdatum. Demnach musste er heute einhundertsechzehn Jahre alt sein. Das war schlecht möglich. Auch weil der Titel nicht an seinen Enkel gegangen wäre, wenn er noch lebte. Nur – warum fehlte das Sterbedatum?

Ella schloss die Augen und versuchte, sich die vielen Namen einzuprägen: Amelia, Rose, George, Rupert ... Sie gähnte und ließ die Kopien auf den Bettvorleger fallen.

Kapitel 7

Als Ella am Morgen aufwachte, hatte es aufgehört zu regnen. Milchiges Licht erhellte ihr Zimmer – sie hatte die Vorhänge am Abend nicht zugezogen. Voller Tatendrang schwang sie die Beine aus dem Bett, blieb jedoch einen Moment sitzen, bevor sie aufstand und ans Fenster trat. Der Park glich einem altmodischen, spätherbstlichen Landschaftsbild. Wie er wohl im Frühling oder Sommer aussah? Dort hinten, das schienen Rhododendren zu sein. Ella versuchte, sich die blühenden Büsche vorzustellen. Und Felix und Amelia, die Hand in Hand spazieren gingen, stehen blieben und sich küssten.

Falsch! Felix und Amelia hatten sich 1929 in London kennengelernt. Damals waren beide achtzehn Jahre alt gewesen. Amelia war erst nach Roses Hochzeit mit ihrer Schwester nach Feniston Park gekommen. Wie und wo genau sie Felix zum ersten Mal begegnet war, wusste niemand, zumindest hatte Heather das gestern Abend erzählt. Felix' Adoptivvater war Lehrer gewesen. Vielleicht hatte er an der Finishing School unterrichtet, die Amelia und Rose zu der Zeit besucht hatten? Und dann hatte sein Sohn ihm eines Tages eine Nachricht in die Schule gebracht und war dabei auf Amelia getroffen …

In Ellas Kopf begann eine Szene Gestalt anzunehmen. Hier konnte sie ihrer Fantasie völlig freien Lauf lassen, denn letztlich war es für die weitere Geschichte nicht von Bedeutung, wie die erste Begegnung genau ausgesehen hatte. Sie konnte sie so romantisch gestalten, wie sie wollte. Wichtig war zunächst nur, dass sie ein Gespür für die Menschen, die Figuren in ihrem Roman entwickelte. Wer waren sie, was bewegte sie, wie reagierten sie?

Ella ging zurück zum Bett, sammelte die Kopien mit dem Stammbaum vom Boden auf und legte sie auf den Schreibtisch. An den Rand, ein Stück links von Amelias Namen, schrieb sie »Felix« und darüber, verbunden mit einer gestrichelten Linie, »Adoptivvater Lehrer«. Dieser Ministammbaum war kläglich und es war kein Wunder, dass Felix bei den Latimers keine Chance gehabt hatte. George dagegen, damals bereits dreißig Jahre alt, mit großem Landbesitz und einem Adelstitel, hatte im selben Jahr Mr Latimers Zustimmung gefunden und Rose geheiratet. Ob es eine Liebesheirat gewesen war?

»Nein, ich denke nicht. Im Gegensatz zu Auntie Amelia war Mutter eine schrecklich vernünftige Frau, dazu war sie eine äußerst gute Partie. Das hat Vater wohl überzeugt. Ohne ihr Vermögen wäre es um Feniston Park damals schlecht bestellt gewesen.« Heather spazierte in einem dicken Tweedmantel neben Ella her. Gegen den Wind, der im Laufe des Morgens aufgefrischt war, hatte sie ein wollenes Kopftuch umgebunden.

Ella zog sich die Kapuze ihrer Funktionsjacke über den Kopf. Zum Glück hatte sie sich die angebotenen Gummistiefel geliehen, denn das Stück Wiese, über das sie gerade stapften, um den gewundenen Weg abzukürzen, war ganz schön matschig.

»So lag die Hochzeit sicher in beider Interesse«, fuhr Heather fort. »Aber ehrlich gesagt weiß ich es nicht. Vielleicht gingen ihre Gefühle doch tiefer. Auf jeden Fall hat Mutter nie mehr über Vater gesprochen, nachdem er …« Sie brach abrupt ab und beschleunigte ihre Schritte. »Gleich sind wir da«, sagte sie kurz darauf. »Sehen Sie die Hecke hinter den Bäumen? Dort liegt der Teich.«

Ella nickte. An diesem Ort hatte Amelia ihr Leben beendet. Schweigend marschierten die beiden Frauen weiter, bis sie die Hecke erreichten.

»Hier ist es«, sagte Heather und blieb stehen.

Fast hätte Ella angesichts des Understatements gelächelt, denn sie hätte den Teich durchaus als See bezeichnet.

»Kommen Sie, ich zeige Ihnen Amelias Platz!« Heather steckte die Hände tief in ihre Manteltaschen und ging an der Hecke entlang, die nach einigen Metern eine windgeschützte Nische bildete, in der eine Steinbank stand. »Hier haben wir immer unsere Sachen gelassen, wenn wir schwimmen gegangen sind. Ich liebte es.« Ihre Stimme klang auf einmal jung und fröhlich. »Auntie Amelia und ich waren richtige Wasserratten, während Rupert …« Sie stockte. Dann lächelte sie Ella an und fuhr fort: »Er blieb lieber auf der Bank sitzen und las. Wenn wir dann aus dem Wasser kamen, haben wir uns vor ihn hingestellt und uns geschüttelt wie Hunde. Er ist schreiend weggerannt, um sein Buch zu schützen – oder seine Haut. So ganz sicher wussten wir das nicht. Aber es war lustig.«

»Sie mochten Ihre Tante sehr«, stellte Ella fest.

»Oh ja. Sie hatte immer Zeit für uns. Und wir beiden durften sogar zu ihr, wenn ihr unwohl war und sie sonst niemanden sehen wollte. Besonders Rupert war ihr Ein und Alles. Nur beim Schwimmen, da hatte ich die Nase vorn!« Langsam ließ sich Heather auf der Bank nieder und blickte über das Wasser.

»Und es ist ausgeschlossen, dass ihr Tod ein Unfall war?«, fragte Ella vorsichtig. »Gab es einen Abschiedsbrief? Ich meine, wenn sie so gut schwimmen konnte ...«

»Es war Oktober und schon recht frisch. Warum also hätte sie überhaupt schwimmen gehen sollen? Vielleicht hatte sie irgendwelche Medikamente genommen – ich weiß es nicht. Es gab damals Gerüchte, aber mit uns Kindern hat niemand darüber gesprochen.« Heather schüttelte den Kopf. »Ich glaube, sie hatte einfach keine Lebenskraft mehr.«

Ella sah sich um. Ob im Sommer auch so eine melancholische Stimmung über diesem Ort lag?

»Sie war in den letzten Wochen immer so müde. Manchmal schien sie mit offenen Augen zu schlafen. Bei der Geburt meines kleinen Bruders Stanley ist Mutter fast gestorben. Daraufhin hat Auntie Amelia sich um alles gekümmert: um sie, um uns Kinder, den Haushalt ... Und es war ja Krieg, da war es doppelt schwierig.« Heather seufzte und bemühte sich aufzustehen. Auf einmal wirkte sie viel gebrechlicher als noch kurz zuvor.

Ella griff nach ihrem Arm, um ihr zu helfen.

»Kommen Sie, wir gehen zurück ins Warme!«, sagte Heather. »Sie können in der Bibliothek noch etwas zur Geschichte des Hauses lesen. Ed ist überaus stolz auf Feniston Park und hat alle möglichen Ereignisse aus der Historie des Landsitzes zusammengetragen und aufgeschrieben. Eigentlich war unsere Familie ja nur eine Nebenlinie, aber Mitte des 19. Jahrhunderts starb der damalige Baron ohne direkten Erben und …«

Plaudernd spazierten die beiden Frauen zurück zum Haus. Doch während Heather von der bewegten Vergangenheit Feniston Parks sprach, tauchte vor Ellas innerem Auge ein neues Bild auf: eine Hand, die etwas in eine Tasse Tee schüttete, und Amelia, die den Tee trank, bevor sie zum Schwimmen ging.

Kapitel 8

Amelia sah hinaus auf den Teich. Wie viele Stunden hatte sie hier mit Rupert und Heather verbracht, wie oft gelacht, wie oft vergessen?

Nein, nicht vergessen. Wie hätte sie Felix vergessen können, wo doch ihr ganzes Denken um ihn kreiste? Wenn sie ihren Neffen ansah, konnte sie nicht anders, als sich vorzustellen, wie wohl der Sohn gewesen wäre, den Felix und sie gehabt hätten, wenn – ja, wenn sie den Mut und die Kraft aufgebracht hätte, einfach mit ihm fortzugehen. Aber sie waren noch so jung gewesen und er so arm. Dennoch – sie hätte ihren persönlichen Schmuck verkaufen, Kurzschrift und Maschineschreiben lernen und als Sekretärin arbeiten können. Oder es hätte sich eine andere Lösung gefunden.

»Felix«, flüsterte sie über das Wasser. Er schien ihr an diesem Abend so nah wie lange nicht mehr. Doch sie würde ihn nie wiedersehen, nie wieder in seinen Armen liegen, seine Küsse schmecken und sich in seiner Liebe verlieren.

Entschlossen schlüpfte sie aus ihren Schuhen und knöpfte ihr Kleid auf. Sie zog es über den Kopf und faltete es zusammen, ehe sie es auf die Steinbank legte. Der Wind ließ sie erschauern. Einen Moment lang starrte sie auf das Kleid – es war ein

Vorkriegsmodell, aber Felix hätte es gefallen. Dann drehte sie sich um und ging auf das Wasser zu …

Ella fuhr sich mit der Hand durch den Pony. War Amelia nackt ins Wasser gegangen? Oder hatte sie einen Badeanzug getragen? Wie, um alles in der Welt, sah 1940 ein Damenbadeanzug aus?

Normalerweise hätte sie das jetzt im Internet recherchiert, aber hier in der Bibliothek hatte sie kein WLAN. Der Raum lag zu weit entfernt vom Ostflügel, den die Familie bewohnte. Oben in ihrem Zimmer hatte sie problemlos Internetzugang gehabt. Sollte sie wieder hochgehen? Sie entschied sich dagegen, schließlich hatte die alte Bibliothek so eine schöne Atmosphäre, in der sie sich viel besser in frühere Zeiten hineinversetzen konnte als in ihrem modern eingerichteten Zimmer.

Sie ließ ihren Blick an den Bücherregalen entlanggleiten. Ob Amelia auch hier gesessen und gelesen hatte? Vielleicht in dem alten Ledersessel in der Ecke? Der sah aus, als stünde er dort schon seit mindestens hundert Jahren. Ella versuchte, sich Amelia vorzustellen, einen der dicken alten Wälzer in der Hand – oder hatte sie eher einen modernen Liebesroman gelesen? Welche Bücher waren in den 1930er Jahren Bestseller gewesen? Das Internet würde es wissen, aber im Augenblick half ihr das nicht weiter.

Ella seufzte und zwang sich, ihre Augen wieder auf den Bildschirm des Laptops zu richten. Neben der Kleidungsfrage störte sie noch etwas an der kleinen Szene. Konnte es wirklich sein, dass Amelia und Felix sich in all den Jahren nie gesehen hatten? Hatten sie es geschafft, den Kontakt allein durch heimliche Briefe aufrechtzuerhalten? Oder hatte es nicht einmal die gegeben? Gefunden hatte man keine. Wie glaubwürdig war es, dass Amelias Liebe in dieser Zeit unverändert geblieben war? Hatte sie nicht annehmen müssen, Felix habe sie vergessen? Vielleicht hatte sie in ihrem letzten Moment überhaupt nicht an ihn gedacht.

Ella überlegte. Wie wäre es, wenn sie tatsächlich die Idee mit dem präparierten Tee verwenden würde? Aber dann müsste es einen Mörder geben, der Amelia aus dem Weg räumen wollte. Nur – wer sollte das sein? Und warum? Nein, dies war keine Geschichte über ein Verbrechen. So weit kannte sie sich aus. Schließlich war sie im letzten Jahr zweimal in unnatürliche Todesfälle verwickelt worden. Und auch wenn beide Täter auf den ersten Blick völlig unauffällig und unverdächtig gewesen waren, so hatten sie doch jeder ein Motiv gehabt.

Nach einer Weile stand Ella auf und klappte ihren Laptop zu. Immerhin hatte sie ein paar Szenen geschrieben, die sie später ausarbeiten und schließlich wie ein Puzzle zum Roman zusammensetzen konnte. Inzwischen hatte die Sonne sich hinter den Wolken hervorgewagt, also war es sinnvoller, die Recherche draußen fortzusetzen. Vielleicht konnte sie ins Dorf gehen? Oder zu den Gewächshäusern, die sie vorhin auf dem Rückweg gesehen hatte?

Die Tür zum Ostflügel knarrte leise, als Ella sie öffnete. Aus der Küche erklang die Stimme eines Radiosprechers, die vom Geräusch eines Mixers abgelöst wurde. Schnell ging Ella an der offenen Küchentür vorbei und lief die Treppe hinauf, um ihren Laptop wegzuräumen.

Gerade als Ella in Jacke und Schal die Treppe wieder hinunterstieg, kam Grace aus der Küche, gefolgt von einer jungen Frau mit einem Staubsauger in der Hand.

»Sie gehen aus?«

Ella nickte. »Ich möchte mich noch etwas umsehen. Im Park hat sich wohl seit den 1930er Jahren wenig verändert, den schönen alten Bäumen nach zu urteilen.«

»Ja, außer der ordnenden Hand der Gärtner hat sich da niemand eingemischt«, gab Grace ihr recht. »Jessie – gehen Sie doch gleich mal kurz ins Blaue Zimmer!«, wandte sie sich dann an die Frau mit dem Staubsauger.

Die lächelte Ella freundlich zu und verschwand nach oben.

Ach je, kümmerte sich hier tatsächlich ein Dienstmädchen auch um die Gästezimmer?

»Die größten Änderungen gab es im Haus«, fuhr Grace fort. »Bis etwa 1950 lebte man ja noch im Haupttrakt. Dann wurde das zu kostspielig und die Familie musste neue Wege gehen. Also wurden die Zimmer für Touristen geöffnet und die Privaträume in den Ostflügel verlegt. Heutzutage wird der große Saal auch für Hochzeiten und ähnliche Veranstaltungen vermietet, dazu gibt es drei Tagungsräume. Allerdings schließen wir von November bis Februar, da lohnt es sich nicht.«

»Ja, aber im Sommer ist hier sicher einiges los«, sagte Ella. »Ich habe im August kurz als Reiseleiterin gearbeitet und mit einer deutschen Reisegruppe mehrere Stately Homes besucht.«

Grace grinste. »Demnach kennen Sie die Heuschreckenschwärme. Also genießen Sie jetzt die Ruhe auf Feniston Park. Einen schönen Spaziergang wünsche ich Ihnen.« Sie hob kurz die Hand und eilte dann den Flur entlang.

Ella stieg weiter die Treppe hinab und ging vorbei am Arbeitszimmer des Barons. Die Sicherheitstür war wieder geschlossen, aber die Haustür nur angelehnt. War das Absicht? Ella trat hinaus und schaute sich um. Doch da niemand zu sehen war, den sie aussperren würde, schlug sie die Tür hinter sich zu. Sie bog nach links und spazierte vorbei am Parkplatz mit dem Schild »Private« die Auffahrt entlang. Schließlich drehte sie sich um, um Feniston Park noch einmal in seiner ganzen Pracht zu betrachten. Ja, es war beeindruckend. Wie viele Angestellte mochte es in den Glanzzeiten solcher Landsitze wohl gegeben haben? Bis Amelia und Rose hier gelebt hatten, war die goldene Ära der Adeligen und ihres Personals bereits vorbei gewesen.

Im ersten Stock des Westflügels wurde ein Fenster geöffnet und Ella bemerkte einen Mann, der offenbar rauchte. Das musste ein Mitarbeiter der BTF sein, die diesen Teil des Hauses gepachtet hatte. Aber was bedeutete BTF?

Ella schlenderte auf das Haus zu und schwenkte nach rechts in Richtung Westflügel. Erneut warf sie einen Blick auf das Fenster des Rauchers, doch das wurde gerade geschlossen. Dafür gab das Messingschild neben der Eingangstür die gewünschte Auskunft: »BTF – British Tree Foundation«. Eine Stiftung also, die etwas mit Bäumen zu tun hatte. In diesem Moment ging die Tür auf und zwei Männer, einer mit langen und ein jüngerer mit kurzen Haaren, stürmten heraus.

»Du glaubst aber nicht wirklich, dass er …« Abrupt brach der Langhaarige seinen Satz ab und blieb direkt vor Ella stehen. »Ups, sorry, wolltest du zu uns?«

Der Kurzhaarige starrte sie abschätzend an. »Das ist sicher nicht ihr erstes Praktikum«, sagte er zu seinem Begleiter.

Ella grinste. Während der Langhaarige vermutlich in ihrem Alter war, konnte der andere noch keine zwanzig sein. Dem kam jeder über dreißig wahrscheinlich schon richtig alt vor.

»Nein, ich bin keine Praktikantin«, sagte sie, »und nein, ich wollte nicht zu euch.«

»Dann …?«

»Ich bin als Gast auf Feniston Park und wohne im Ostflügel«, erklärte Ella. »Ich bin …«

»Die Autorin.« Der Langhaarige nickte. »Ich hab von dir gehört. Du willst ein Buch schreiben über irgend so eine alte Geschichte.« Er schien noch etwas sagen zu wollen, lächelte dann aber nur.

Der Kurzhaarige sah ihn überrascht an. »Und was haben wir damit zu tun?« Dann schaute er zu Ella und musterte sie von oben bis unten.

»Aidan«, stellte der Langhaarige sich vor und streckte Ella die Hand entgegen, »biologischer Leiter der Tree Foundation. Und das ist Drew, unser erster Praktikant.«

»Ella.«

»Wir warten auf unsere neue Praktikantin«, erklärte

Aidan. »Trish wollte sie vom Bus abholen, daher hatte ich einen Moment lang Angst, dass das schiefgegangen sein könnte, als du hier so allein standst.«

»Ey, wir müssen ...«, drängte Drew.

Aidan nickte. »Wir sehen uns sicher noch«, sagte er zu Ella.

Bevor sie etwas erwidern konnte, waren die beiden losmarschiert. Sie sah ihnen nach: Aidan steuerte zielstrebig auf ein Wäldchen zu, Drew lief neben ihm her und redete eifrig auf ihn ein. Ella wartete, bis sie zwischen den Bäumen verschwunden waren, und folgte ihnen dann langsam.

Kapitel 9

Ein schmaler, leicht gewundener Pfad führte in das Wäldchen hinein und gabelte sich auf einer kleinen Lichtung mit einer Steinbank. Ella zog ihr Handy aus der Tasche und machte ein Foto – vielleicht ließ sich an dieser Stelle eine Szene mit Amelia ansiedeln. Im Frühling musste es hier romantisch aussehen. Dann wählte sie den linken Weg.

Das war eine gute Entscheidung, denn bereits nach wenigen Metern konnte sie durch die Bäume die Glaswände eines der Gewächshäuser erkennen, die sie schon bei ihrem Spaziergang mit Heather aus der Ferne gesehen hatte. Sie gehörten bestimmt der Tree Foundation und waren das Ziel von Aidan und Drew. Zogen sie dort kleine Bäumchen groß? Oder züchteten sie neue Arten?

Als Ella sich dem Gewächshaus näherte, konnte sie die beiden nirgendwo entdecken. Die Tür war verschlossen, also spähte sie durch die Scheiben. Besonders gut war das Innere nicht zu sehen – die seitlichen Fenster waren teilweise beschlagen und hätten außerdem eine Reinigung gut vertragen können. Doch Tische, auf denen Blumentöpfe und Kisten voller Pflanzen standen, waren zu erkennen.

Ella ging um das Glashaus herum und fand sich vor einem zweiten wieder. Rechts davon erstreckte sich eine Freifläche mit jungen Bäumen verschiedener Arten in geordneten Reihen. Ella wandte sich dem zweiten Gewächshaus zu, das nur zur Hälfte aus Glas bestand; der hintere Teil war aus Ziegeln gemauert und hatte keine Fenster. Die Eingangstür an der Glasseite war ebenfalls verschlossen, gab aber den Blick auf das Innere frei. Eine weitere geschlossene Tür schirmte den hinteren Teil des Gebäudes ab. Gab es dort vielleicht eine Dunkelkammer?

Rrrring. Ella zuckte zusammen. Diesen Klingelton musste sie unbedingt ändern! Während sie das Handy aus der Jackentasche fischte, drehte sie sich um und ging ein paar Schritte auf die Anpflanzung zu, um sie genauer zu betrachten und daran entlang weiterzuspazieren. Das sah nicht ganz so neugierig aus wie das Starren ins Gewächshaus – nur für den Fall, dass die Leute von der Tree Foundation dem Klingeln nachgehen sollten. Sie nahm den Anruf entgegen, ohne auf das Display zu schauen.

»Hi Ella, was macht deine Liebesgeschichte?« Ihre Freundin Mary Ann klang äußerst fröhlich.

»Oh, danke der Nachfrage! Sie wird richtig schön tragisch, zumindest der Teil, der in der Vergangenheit spielt. Ich werde aber dazu noch eine Gegenwarts… Moment, du rufst doch nicht wirklich an, um dich nach meinem Manuskript zu erkundigen?«

Mary Ann räusperte sich. »Nicht ganz. Wobei ich natürlich auch interessiert daran bin, wie es sich auf so einem Landsitz lebt.«

»Nicht allzu schlecht.«

Jetzt lachte Mary Ann. »Englische Antwort oder deutsche Antwort?«

»Englische.«

»Ich verstehe – du genießt es also dort. Dann bist du wohl morgen nicht zurück in Canterbury?«

In diesem Moment schlug eine Tür mit metallischem Klacken zu. Ella drehte sich um und entdeckte Aidan und Drew, die aus dem zweiten Gewächshaus getreten waren. Während Aidan die Tür abschloss, starrte Drew Ella nur an. Sie hob kurz die Hand, um ihm zuzuwinken, und ging dann langsam weiter.

»Eigentlich wollte ich ein paar Tage hierbleiben«, erklärte sie. »Ich war noch nicht im Dorf und will mich auch mehr mit der alten Dame unterhalten, der Nichte von Amelia. Außerdem …« Sie stutzte. »Aber warum fragst du?«

»Aus keinem besonderen Grund. Nur, falls du morgen in Canterbury wärst, könntest du mit uns im White Swan Brians Geburtstag feiern.«

»Oh, warum hast du mir das nicht früher gesagt?«

»Mein lieber Gatte wollte eigentlich nicht feiern, er trägt ein wenig schwer an der Vierzig. Aber jetzt kam er doch auf die Idee, morgen wenigstens unserer Pub Crew einen auszugeben. Also telefoniere ich rum, damit auch alle da sind.«

»Nett von dir!« Ella dachte kurz nach. »Ich könnte meinen Schlossaufenthalt tatsächlich unterbrechen. Im Dorf hält wohl der Bus nach Rye und von dort fährt der Zug. Ich schau das mal genau nach und sag dir Bescheid, ob's klappt, okay?«

»Großartig! Und falls du einen Platz zum Schlafen brauchst, unser Gästezimmer ist frei.«

»Nein danke, ich hab ja ein Bett bei James.« Ella grinste unwillkürlich. Sie hatte dort nicht nur ein Bett – James hatte in der Zeit, in der sie zurück in Bonn gewesen war, eines seiner vollgestopften Zimmer für sie ausgeräumt, renoviert und neu eingerichtet. Damit hatte sie jetzt ihr eigenes Reich im Haus ihres Vaters.

»Du bist immer willkommen«, hatte er gesagt.

»Gut, ich mach dann mal weiter.« Mary Anns Stimme holte Ella in die Gegenwart zurück. »Dennis hab ich schon erreicht und Tamlin und Finn wollen auch mal wieder kommen. See you!«

»Okay, dann vielleicht bis morgen!« Ella beendete das Telefonat und sah sich um.

Aidan und Drew standen immer noch vor dem Gewächshaus und sprachen miteinander. Drew warf ihr einen grimmigen Blick zu, er schien sie nicht zu mögen. Hatte er etwa ein Auge auf Aidan geworfen und Angst, sie könnte ihm gefährlich werden? Aidan hatte sie durchaus wohlwollend angeschaut.

Ella seufzte. Die beiden interessierten sie kein bisschen. Dagegen hätte sie gern gewusst, ob Mary Ann Alex schon erreicht hatte und ob er morgen im White Swan sein würde.

Kapitel 10

»Nun, wie weit sind Sie inzwischen gekommen?«, erkundigte sich Ed. »Haben Sie etwas mit den alten Briefen meiner Großmutter Rose anfangen können?« Er nahm sich ein paar geröstete Kartoffeln aus der Schüssel, die Grace ihm hinhielt, und schob sie in den Rest Bratensoße auf seinem Teller.

»Es ist nicht ganz leicht, die Schrift zu entziffern«, gab Ella zu.

»Aber man kann sehr schön herauslesen, wie meine Mutter ihre Schwester immer unterstützt hat«, sagte Heather.

Ella nickte. »Wie sind die Briefe überhaupt hierhergekommen? Ihre Mutter war ja nicht die Empfängerin, sondern hat sie abgeschickt.«

»Meine Großmutter hat alle Briefe aufbewahrt, die sie von ihren Töchtern bekam, und auch die, die sie an meinen Großvater gerichtet hatten. Als sie starb, hinterließ sie jeder Tochter eine Schatulle mit deren Briefen. Meine Mutter hat es ähnlich gehandhabt. Sie hat alle Briefe, die sie in die Hände kriegte, gesammelt – sogar die, die sie an meinen Vater geschrieben hatte. Es war sehr bewegend, als ich nach ihrer Beerdigung meine Kinderbriefe las. Sie wurde dadurch auf eine gewisse Art wieder lebendig.« Heather ließ ihr Besteck sinken und starrte kurz ins Leere. Dann sprach sie weiter: »Was Auntie Amelia mit ihren Briefen gemacht hat, weiß ich allerdings nicht. Mutter hat erzählt, ihre Schatulle sei leer gewesen, als sie nach ihrem Tod hineingeschaut hat.«

»Meinen Sie, Ihre Tante hat alle Briefe vernichtet, bevor sie in den Tod ging, um ihre Privatsphäre zu wahren? Vielleicht waren Nachrichten von Felix dabei und sie wollte nicht, dass Unbefugte sie in die Hände bekamen. Oder es war überhaupt schmerzlich für sie, Briefe zu behalten, die aus der Zeit stammten, als ihr der Umgang mit Felix verboten war.«

Heather nickte. »Das ist durchaus möglich.«

»Man kann aus den Briefen Ihrer Mutter ja herauslesen, wie schwer es Ihre Tante hatte, selbst als sie schon auf Feniston Park lebte«, fügte Ella hinzu.

»Ja, Auntie Amelia muss froh gewesen sein, ihrem Elternhaus zu entkommen und mit ihrer Schwester fortgehen zu dürfen«, sagte Heather. »Ich erinnere mich leider gar nicht mehr an meine Großeltern, sie sind recht jung gestorben. Aber sie müssen furchtbar streng gewesen sein in ihrer viktorianischen Art.«

Eine Weile aßen alle schweigend weiter.

Schließlich fragte Ella: »Und all die anderen Briefe? Ich wundere mich ein bisschen, dass Ihre Mutter – beziehungsweise Großmutter –, also Rose, so häufig an ihren Mann geschrieben hat. War er oft verreist?«

Ed sah auf. »Ach, Sie wissen das nicht? Mein Großvater

ist wenige Tage nach der Hochzeit nach Indien gegangen, wo er einen Posten im diplomatischen Dienst angetreten hat. Das war ja der Grund, warum Amelia ihre Schwester hierher begleitet hat, als Rose entdeckte, dass sie schwanger war, und nicht in London bleiben wollte. Über ein Jahr lang lebte mein Großvater in Indien und hat seine Frau und seinen Erstgeborenen in dieser Zeit nicht gesehen.«

Ella starrte ihn überrascht an. »Er hat geheiratet und seine schwangere Frau dann allein zurückgelassen, um nach Indien zu gehen?«

»Soweit ich mich erinnere, wusste er zunächst nicht, dass sie in anderen Umständen war. Eigentlich sollte meine Großmutter ihm ein paar Wochen später folgen. Aber das war wohl zu beschwerlich. Ach, lesen Sie das doch noch einmal genau nach«, sagte Ed. »Ich meine, da gibt es einen Brief, in dem sie ihm von der Schwangerschaft berichtet, nicht wahr, Tante Heather?«

Die nickte. »Und es gibt auch eine Antwort darauf. Mein Vater war wohl hocherfreut und ganz sicher, dass es ein Stammhalter werden würde. Nun, damit hatte er ja recht.«

Ed kniff kurz die Lippen zusammen und warf Grace einen Blick zu. Deren rechtes Auge zuckte und sie sprang auf.

»Ich habe Eiscreme zum Dessert«, sagte sie schnell. »Schokolade oder Karamell?«

Ob Ed ihr vorwarf, dass sie nur eine Tochter hatten? Wie war das mit seinem Titel und dem Besitz? Konnte Erica alles übernehmen oder galt hier noch eines dieser altmodischen Erbrechte, nach dem es eines männlichen Erben bedurfte?

Während Grace das Eis in Schalen füllte, lenkte Ella das Gespräch auf ein anderes Thema. »Ich werde morgen nach Canterbury zu einer Geburtstagsfeier fahren, nur für eine Nacht. Am Samstagabend bin ich wieder zurück, wenn es Ihnen recht ist.«

»Natürlich, Kindchen, kommen und gehen Sie einfach, wie Sie wollen«, sagte Heather und tätschelte ihre Hand.

»Aber selbstverständlich«, bestätigte Ed. »Wir haben Sie gerne hier. Und sicher haben Sie viele weitere Fragen. Wir unterstützen Sie, wo es möglich ist.«

Grace servierte das Dessert. »Dass Sie das Buch über Feniston Park schreiben, ist ja für uns auch sehr gut. Bestimmt lässt sich dann im Sommer der Saal für Hochzeiten noch besser …« Ein Blick ihres Mannes ließ sie verstummen.

Aha. Alle wollten Ella unterstützen. Nur die Gründe dafür, die schienen völlig unterschiedlich zu sein.

Später in ihrem Zimmer nahm Ella die Briefe von Rose noch einmal zur Hand. Tatsächlich, einen Monat nach der Hochzeit hatte die junge Ehefrau, die zurückgeblieben war, geschrieben:

Außerdem habe ich eine höchst erfreuliche Mitteilung zu machen: Ich bin in gesegneten Umständen und werde dir im Frühjahr ein Kind schenken. Es geht mir recht gut und meine Schwester ist mir eine große Stütze. Dr Brandison, der mir von Lady Hawick empfohlen wurde, meint jedoch, ich dürfe nicht nach Indien reisen, und auch das geschäftige Leben in der Großstadt sei in meinem Zustand zu anstrengend. Daher würde ich gerne, dein

Einverständnis vorausgesetzt, nach Feniston Park übersiedeln. Amelia hat sich bereit erklärt, mich zu begleiten. Ich weiß, dass du mir Feniston Park am liebsten selbst zeigen wolltest, aber da wir ja so kurzfristig geheiratet haben – was nur zu gut war, wie wir jetzt sehen –, ist es dazu leider vor deiner Abreise nicht mehr gekommen. Deine Mutter versichert mir jedoch, dass das Haus schnell für uns vorbereitet werden kann. Oh wie schön wird es sein, den Herbst auf dem Lande zu verbringen …

Ella legte den Brief beiseite und griff nach dem Stammbaum. Die kurzfristige Heirat und Roses Bemerkung dazu ließen darauf schließen, dass das junge Paar die Hochzeitsnacht möglicherweise nicht abgewartet hatte, obwohl der Brief nicht gerade von großer Liebe sprach. Ruperts Geburtsdatum im Mai, knapp neun Monate nach der Heirat, schien unverdächtig. Aber wenn George tatsächlich vorzeitig mit seiner Braut geschlafen hatte, hatte er sie schnell heiraten müssen, denn es hatte die Gefahr bestanden, dass er weit weg in Indien war, bis sie ihre Schwangerschaft feststellte – so wie es letztendlich auch gekommen war. Ein uneheliches Kind jedoch hätte Rose für immer gebrandmarkt.

Andererseits hatte George vielleicht auch sicher sein wollen, dass ihm während seiner Abwesenheit kein anderer Rose, die Erbin, wegschnappen würde. Eine schnelle Heirat und eine Schwangerschaft waren natürlich die einfachsten Mittel, sie an sich zu binden.

Ella blätterte die Briefe von George an seine Frau durch. Wo war nur der, in dem er auf ihre frohe Nachricht antwortete? Vielleicht dieser hier? Vom Datum her konnte er es sein, vom Inhalt der ersten Zeilen eher nicht. Es schien sich vielmehr um eine Aufzählung von Verhaltensregeln zu handeln. Aber dann fand Ella doch etwas, ganz unten auf der Seite:

Deine Nachricht, dass du den zukünftigen Erben des Titels unter dem Herzen trägst, ist erfreulich. Es wird mir jedoch nicht möglich sein, vor Ablauf meines Dienstes hier nach England zurückzukehren, sodass ich dich bitte, ihn in meinem Sinne zu erziehen, bis ich zurückkomme. Ich werde dir Instruktionen zukommen lassen.

Ella schüttelte den Kopf. War das britisches Understatement? Oder war George tatsächlich ein gefühlskalter und arroganter Mensch gewesen? Da war auch immer noch die Frage offen, wann er gestorben war.

Wie Rose sich wohl gefühlt hatte, so allein mit ihrer Schwester auf Feniston Park? Und ob Amelia gehofft hatte, Felix hier leichter sehen zu können, wenn er Landurlaub hatte? Hatte er sie am Ende gar besucht? Nichts wies darauf hin. Aber in Ellas Roman konnte dies eine bewegende Szene abgeben.

Kapitel 11

Ella eilte die Treppen hinunter. Mist, sie hatte sich nach dem Mittagsimbiss einfach zu lange mit Facebook beschäftigt und völlig aus den Augen verloren, dass es bis ins Dorf noch ein ganzes Stück zu laufen war. Wenn sie dort den Bus nach Rye erwischen wollte, musste sie sich sputen.

Sie trat aus der Haustür und schaute nach oben. Immerhin regnete es nicht. Als sie etwa die Hälfte der Auffahrt hinter sich gebracht hatte, hörte sie das Motorengeräusch eines Autos näher kommen. Sie wich zur Seite aus, doch im nächsten Moment hielt ein roter Kleinwagen neben ihr und das Fenster wurde geöffnet.

»Kann ich Sie mitnehmen?«, bot die Fahrerin an. »Ich bin Trish von der BTF und Sie sind sicher die Autorin. Aidan hat mir erzählt, dass Sie da sind. Aber natürlich hatte die Familie uns vorher auch informiert, damit wir uns nicht wundern, wenn hier plötzlich eine fremde Frau herumspaziert.«

»Ja, ich bin die Autorin, Ella Martin«, stellte sich Ella kurz vor und lächelte. »Ich will im Dorf den Bus nach Rye nehmen.«

»Steigen Sie ein! Ich fahre nach Rye, da sparen Sie sich den Bus. Ist ein hübsches Städtchen, waren Sie schon mal dort?«

»Bisher nicht. Und heute will ich nur zum Bahnhof. Ich fahre gleich weiter nach Canterbury«, erklärte Ella beim Einsteigen. Sie schnallte sich an.

Trish nickte und fuhr los. »Auch schön«, sagte sie. »Ich hab in Canterbury studiert.«

»Sind Sie ebenfalls Biologin?« Ella schaute Trish von der Seite an.

Sie war um einiges älter als Aidan, fünfzig vielleicht? Es war schwer zu schätzen. Ihr Haar war zu einem langen Pferdeschwanz gebunden und sah naturblond aus, doch ihr Gesicht durchzogen zahlreiche Fältchen.

»Nein, ich habe Literatur studiert«, erklärte sie. »In der BTF bin ich sozusagen das Mädchen für alles. Ich arbeite nur in Teilzeit und wohne auch nicht im Haus wie Aidan und die Praktikanten, sondern jenseits der Grenze.« Sie lachte und ergänzte: »In East Sussex. Gleich verlassen wir nämlich Kent.«

Ella nickte. »Ich bin gestern ein wenig bei den Gewächshäusern spazieren gegangen und habe die jungen Bäume gesehen«, sagte sie nach einer Weile. »Werden die verkauft?«

»Sozusagen. Die BTF organisiert eine Baumpflanzaktion auf Spendenbasis – dafür werden unsere Bäumchen hier verwendet. Mit den Spendengeldern unterstützen wir dann Aufforstungsprojekte. Außerdem forscht Aidan an Baumkrankheiten. Sagt Ihnen die holländische Ulmenkrankheit etwas? Die ist sein Spezialgebiet.«

»Nein, tut mir leid«, gab Ella zu.

»Nicht so wichtig.« Trish winkte ab. Eine Weile unterhielten sie sich noch über Canterbury, bis Trish schließlich sagte: »Wir sind gleich da. Ich halte auf dem Parkplatz und dann gehen Sie einfach ...« Ihre Wegbeschreibung war kurz und klar.

Ella bedankte sich bei ihr fürs Mitnehmen, verabschiedete sich und stieg aus. Sie sah auf die Uhr. Vor der Abfahrt des Zuges war noch genug Zeit, um einen kleinen Spaziergang zu machen. Also schlenderte sie durch die steilen Gassen, die mit runden Feldsteinen gepflastert waren. Uralte, schiefe Häuser reihten sich aneinander. Nach einer Weile entdeckte Ella das Mermaid Inn, dessen schwarz-weißem Fachwerk sie nach ihren Erkundungen in Canterbury und Oxford sofort ansah, dass es aus dem Mittelalter stammen musste.

Moment, war das nicht das Gasthaus, von dem James auf der Fahrt nach Feniston Park gesprochen hatte? Das im 18. Jahrhundert ein berüchtigter Schmugglertreff gewesen war? Und in dem es natürlich bis heute spukte? Auf jeden Fall zeigte eine AA-Rosette an, dass Hotel und Restaurant in dem alten Gebäude inzwischen weit über das Niveau einer Schmugglerkneipe hinausgewachsen waren.

Das Läuten der Glocken vom Turm der romanischen St Mary's Church unterbrach Ellas Gedanken an mögliche Gespenster. Näherliegend als Vermutungen über das Mittelalter oder die Schmugglerzeit war schließlich die Frage, ob Rose und Amelia hierher gekommen waren, um einzukaufen oder vielleicht zum Friseur zu gehen. Bei den

Briefen, die Ella am Morgen gelesen hatte, war auch eine Fotografie aus dem Jahr 1930 gewesen. Sie musste kurz nach der Geburt von Rupert entstanden sein und zeigte die Schwestern mit modisch kinnlangem, onduliertem Bob. Die beiden sahen sich so ähnlich, dass man sie leicht hätte verwechseln können. Ob sie das als Kinder ausgenutzt hatten? Ella lächelte. Eine nette Idee.

Mit dem Zug brauchte Ella von Rye bis nach Canterbury weniger als eine Stunde und nach einer kurzen Busfahrt stieg sie am Ende der Straße aus, in der ihr Vater wohnte. Einen winzigen Moment lang zögerte sie, dann ging sie flotten Schrittes auf die Haustür mit dem Oberlicht aus buntem Glas zu und zog ihren Schlüssel aus der Jackentasche. Sie atmete einmal tief ein und schloss die Tür auf. Es war ein seltsames Gefühl, dass sie nun auch hier zu Hause war.

»Hello? James?«, rief sie beim Eintreten und zog dann die Schuhe aus.

James kam aus seinem Arbeitszimmer, in dem er immer noch einen großen Teil seiner Zeit verbrachte, um wissenschaftliche Veröffentlichungen vorzubereiten. Er schien es sehr zu genießen, dass er trotz seiner Pensionierung die Möglichkeit hatte, in Ruhe weiterzuforschen. Dafür besuchte er auch regelmäßig das chemische Institut der Universität, an dem er einst Professor gewesen war.

»Ellinor, wie schön! Ich setz gleich den Kessel auf.«

Ella folgte ihm in die Küche und sah zu, wie er Teebeutel in zwei hohe Tassen fallen ließ und einen kleinen Plastikbehälter mit Milch aus dem Kühlschrank holte.

Dann stellte er einen Teller mit Shortbread auf den Tisch. Ella lief das Wasser im Mund zusammen.

»Setz dich, bedien dich! Das Wasser kocht gleich«, sagte er.

Ella setzte sich, griff nach einem der runden Shortbread-Kekse und lehnte sich auf ihrem Stuhl zurück. Sie streckte die Beine unter den Tisch. Plötzlich fühlte sie einen stechenden Schmerz in ihrem rechten Fuß und zuckte zusammen.

»Au!«, schrie sie und zog die Füße zurück.

»Oh dear!«, sagte James. »Mr Potts. Den hatte ich ganz vergessen.«

Ella beugte sich herab, schaute unter den Tisch und blickte in zwei schillernd-grüne Augen. »Eine Katze?«

»Mr Potts ist ein Kater.«

»Seit wann ...?«

»Er ist vor drei Wochen hier eingezogen. Woher er kam, weiß ich nicht. Normalerweise hat er ganz gute Manieren.«

»Aber jetzt hat er mich gekratzt. Oder gebissen«, beschwerte sich Ella.

»Nun ja, er kennt dich nicht.«

Misstrauisch betrachtete Ella den Kater, der ebenso skeptisch zurückblickte. »Und wo war er, als ich Anfang der Woche die zwei Tage bei dir gewohnt habe? Da hab ich ihn nicht gesehen.«

»Mr Potts ist ein freier Kater. Er ist nicht immer zu Hause«, erklärte James und goss den Tee auf. Dann gab er jeweils einen Schuss Milch dazu, stellte Ellas Becher vor sie hin und setzte sich zu ihr.

Ella richtete sich wieder auf. Ihre Füße verschränkte sie jedoch sorgfältig unter ihrem Stuhl.

»Wie lange bleibst du?«, fragte James.

»Wahrscheinlich nur bis morgen«, antwortete Ella und nahm vorsichtig einen Schluck Tee. »Ich hätte gerne ein paar Unterlagen hierher mitgenommen. Da gibt es einen ganzen Stapel Briefe, die ich noch lesen muss. Aber das war seiner Lordschaft dann doch nicht recht. Na gut, das versteh ich. Ich finde es sowieso erstaunlich, wie hilfsbereit alle auf Feniston Park sind.«

»Du kommst also voran?«

»Ja, es läuft ziemlich gut. Ich habe auch schon eine reizvolle Idee für die Rahmenhandlung, in die ich die alte Liebesgeschichte einbetten will.«

»Darauf bin ich gespannt.« James lächelte.

Mit einem lauten Miau stolzierte der Kater unter dem Tisch hervor, strich einmal um James' Beine und verließ dann mit hochaufgerichtetem Schwanz die Küche.

»Der mag mich nicht«, stellte Ella fest und seufzte.

»Aber ich mag dich«, sagte James.

Angesichts seiner sonstigen Zurückhaltung ließ die Bemerkung Ellas Herz freudig aufhüpfen.

Kapitel 12

Wärme und Stimmengewirr schlugen Ella entgegen, als sie die Tür zum White Swan aufdrückte. Wie fast immer an einem Freitagabend war der Pub voll und sie musste sich mit vielen Entschuldigungen den Weg zur Bar bahnen. Dort kassierte der Pubbesitzer gerade bei einem jungen Mann zwei Pints ab, bevor er sich ihr zuwandte.

»Hiya! Das Übliche?« Er griff nach einem Guinness-Glas.

»Hi Canny!«, sagte Ella und lächelte; es war ein bisschen wie Nachhausekommen. »Ja, bitte. Aber ich bin hier eigentlich wegen ...«

»Brians Geburtstag – ich weiß. Alles klar. Sie sind da hinten.« Mit einer Kopfbewegung deutete Canny in die Ecke, in der Ellas Freunde meistens saßen.

Ella reckte den Hals und versuchte zu erkennen, wer von den anderen schon da war. Doch das war bei den vielen Pubbesuchern unmöglich.

»Hier ist dein Pint, dearie«, sagte Canny mit seinem typischen rollenden R und stellte ihr ein Guinness hin. »Schön, dass du zurück bist!«

»Danke, aber es ist nur für einen kurzen Besuch«, erklärte Ella und kramte in ihrer Tasche nach dem Portemonnaie.

Canny winkte ab. »Das hat Brian schon erledigt. Kannst gleich durchgehen zu den anderen.«

»Okay, danke.« Ella drehte sich um. Dabei stieß sie mit einem Mann zusammen.

»Sorry!«, murmelte er, dann packte er sie plötzlich an beiden Oberarmen. »Ella! What the f…?«

»Alex!« Beinahe hätte sie ihr Glas fallen lassen.

»Was machst du denn hier? Seit wann bist du wieder in Canterbury? Verdammt, warum sagt mir niemand was?« Er ließ sie los und trat einen Schritt zurück.

Der Mann, den er dabei anstieß, wich ein Stück zur Seite, unterhielt sich aber weiter mit seinem Gegenüber, ohne die Störung zu beachten. Ellas Herz schlug merklich schneller. Unzählige Male hatte sie sich ausgemalt, wie sie Alex wiedersehen und was sie sagen würde. Und jetzt?

»Brians Geburtstag …«, stammelte sie.

Alex runzelte die Stirn. »Ja, aber ich muss gehen«, sagte er. »Sie haben in Herne Bay eine Leiche gefunden.«

»Oh, verstehe«, erwiderte Ella. »Immer im Dienst, der Detective Inspector.«

Dann schwiegen sie eine Weile.

Plötzlich grinste Alex. »Ich hoffe, dass du nichts damit zu tun hast!«

»Noch nicht!« Ella lachte und die seltsame Stimmung zwischen ihnen war verflogen. »Obwohl – ich habe eigentlich genug mit meinem spannenden Fall auf einem noblen Landsitz zu tun.«

Alex sah sie fragend an.

»Ich schreibe einen neuen Roman und recherchiere in der Nähe von Rye«, erklärte Ella. »Eine alte Lovestory mit tragischem Ende.«

»Mord?«

Ella schüttelte den Kopf. »Selbstmord. Sogar doppelter Selbstmord. Erzählt man zumindest.«

»Soll mich das beruhigen?«

»Es ist über siebzig Jahre her.«

»Okay, in diesem Fall beruhigt es mich wohl. See you, ich melde mich.« Alex strich Ella kurz über den Oberarm, dann drehte er sich um und verschwand zwischen den Pubbesuchern in Richtung Tür.

Ella lächelte und sah ihm nach. Er konnte wirklich beruhigt sein. Zwei Mal war sie zufällig bei Mordermittlungen in Gefahr geraten, ein drittes Mal würde ihr das nicht passieren. Außer Amelias Tod war doch kein Selbstmord gewesen. Allerdings war ihr Mörder dann bereits tot und damit für Ella völlig ungefährlich.

»Hi, Ella!«

Mit großem Hallo wurde sie von ihren Freunden begrüßt, als die sie entdeckten. Ella kannte nicht alle am Tisch, Brian schien auch ein paar Leute eingeladen zu haben, die sonst nicht mit in den White Swan kamen.

Brian erhob sich und kam Ella einen Schritt entgegen. »Das ist ja ein hübsches Geschenk!«, rief er. »Und den ganzen Weg aus Deutschland gekommen!«

Ella lachte und gratulierte ihm mit zwei Küsschen links und rechts auf die Wangen. »Alles Gute!«

»Hast du was zu trinken? Ach ja, gut. Da, bei Dennis ist noch frei.«

Ella grüßte Dennis kurz und wandte sich dann Mary Ann zu, die grinsend neben ihrem Mann stand.

»Ich habe niemandem verraten, dass du in England bist«, sagte Mary Ann und zog die Augenbrauen hoch. »Die hätten sich sonst am Ende beim Quatschen mit Brian verplappert. Und wenn du dann heute Abend nicht gekommen wärst …« Ihre übertrieben traurige Grimasse brachte alle zum Lachen.

»Komm rüber, Ella-Bella!«, rief Dennis und zeigte auf den freien Platz neben sich.

Ella nickte und zwängte sich an zwei Stühlen vorbei. Verflixt, warum musste er sie so nennen? Tom hatte den Namen für sie erfunden. Und er gehörte eigentlich auch hierher an den Tisch.

»Hi Dennis!« Sie stellte ihr Pint auf den Tisch und setzte sich.

»Ella-Bella, die Lady, die meinem Freund das Herz gebrochen hat.« Er grinste.

Ella rutschte ein Stückchen von ihm ab.

»Oh, come on! Nimm mich nicht so ernst. Ich bin nur in mittelschwerer Trauer, weil mein bester Freund sich nach Kanada abgesetzt hat.«

»Ich wollte nicht … Wir hätten nie …«, versuchte Ella sich zu rechtfertigen.

»Beruhig dich – ich hab dich nur ein bisschen verarscht.« Dennis grinste und legte den Arm um Ellas Schultern, die sich sofort verkrampften. »'s ist okay. Tom geht's gut, er hat 'nen tollen Job und begeistert sich für die Mädels in Kanada. Und ehrlich gesagt hat's unserem Frauenschwarm ganz gutgetan, dass er mal nicht derjenige war, der Schluss gemacht hat.« Er drückte Ella kurz und zog dann seinen Arm zurück.

Ella entspannte sich. »Ich wollte ihm nie wehtun«, sagte sie leise. »Aber es hatte keine Zukunft.«

Dennis nickte und starrte in sein Glas. Ob er an Aileen dachte, die Frau, die er geliebt und verloren hatte?

»Kannst du 'n Stück rutschen?«, fragte Tamlin und setzte sich neben Ella. »Erzähl mal, was schreibst du gerade so?«

Dankbar nahm Ella die Möglichkeit wahr, das Thema zu wechseln und ihre Recherche auf Feniston Park auszumalen.

»Cool, auf das Buch freu ich mich schon!« Tamlin war begeistert.

»Dann müssen wir dich jetzt wohl Lady Ella nennen«, sagte Brian und schüttelte langsam den Kopf, als wäre das tatsächlich eine Überlegung wert.

»Und wo ist der Mörder?« Dennis grinste. Sein kurzer Moment der Melancholie schien überwunden.

»Kein Mörder!«, versicherte Ella.

»Und wie ist es mit Diebstahl, Unterschlagung, Versicherungsbetrug?« Mary Ann sah sich um. »Was für Verbrechen könnte es in höheren Kreisen sonst noch so geben?«

Ella stöhnte und trank ein paar kräftige Schlucke. »Ich schreibe einen Liebesroman und keinen Krimi«, erklärte sie schließlich. »Ansonsten könnte ich mir vielleicht ausdenken, dass der Lord hinter seiner Sicherheitstür irgendwas Faules im Internet treibt. Aber ich habe gegoogelt – der hat ein Software-Unternehmen und wird sich damit einfach vor Betriebsspionage schützen. Oder in seinem Bürosafe liegen die Familienjuwelen.«

»Sicher?« Dennis grinste erneut.

»Was ist mit Amelia und Felix?«, fragte Tamlin. »Es ist ja total romantisch, dass sie sich beide das Leben genommen haben, weil sie nicht ohneeinander sein konnten. Und tragisch ist es natürlich, denn wenn Amelia gewusst hätte, dass Felix kommen würde, und zwei Tage länger gewartet hätte … Aber vielleicht hat da auch jemand nachgeholfen? Ich meine, damit Amelias Erbe an ihre Schwester fiel, bevor sie Felix vielleicht doch noch heiraten würde.«

Ella sah sie überrascht an.

Tamlin hob die Schultern. »Du hast doch gesagt, Rose war reich und ihr Mann hat sie wahrscheinlich wegen des Geldes geheiratet. Aber dann war ihre Schwester bestimmt auch reich.«

»Darüber habe ich noch nie nachgedacht«, gab Ella zu. »Das wäre tatsächlich ein Motiv.«

Tamlin lächelte stolz zu ihrem Freund Finlay hinüber. Aber der zuckte nur mit den Achseln. Bei dem aktuellen Geräuschpegel hatte er am anderen Tischende vermutlich nichts von ihrem Gespräch verstanden.

»Und weil George das Geld der einen Schwester nicht gereicht hat, hat er die andere umgebracht, sodass er über seine Frau indirekt auch noch an das zweite Erbe kam«, schlussfolgerte Dennis.

Ella lachte. »Im Buch könnte man das natürlich so machen, aber in Wirklichkeit? Außerdem hat George sein eigenes kleines Rätsel – im Familienstammbaum steht kein Todesdatum. Deswegen muss ich unbedingt noch nachfragen. Blöd, dass ich das immer vergesse.«

»Ganz einfach: George hat Amelia umgebracht, dann hat ihre Schwester Rose aus Rache ihn beseitigt«, schlug Brian vor. »Und Ella klärt die Morde jetzt auf.«

Ella stöhnte. »Ihr habt zu viel kriminelle Fantasie!«

»Ja, und wir können nur froh sein, dass unser Detective Inspector bereits gegangen ist«, sagte Dennis und lachte.

Wie wahr! Alex hätte bestimmt die Stirn gerunzelt, wenn er die Worte »Ella«, »aufklären« und »Mord« in einem Satz gehört hätte.

Kapitel 13

Ella erwachte mit Kopfschmerzen. Wo war sie? Zu müde, um die Augen aufzuschlagen, versuchte sie, sich so zu orientieren. Sie lag auf dem Rücken und etwas Schweres drückte auf ihren Brustkorb. War dies ein Albtraum? Aber würde sie dann tatsächlich überlegen, ob es ein Traum sein könnte?

Der Duft von gebratenem Speck stieg ihr in die Nase. Mhm! Ihr Magen begann zu knurren. Das Geräusch schien immer intensiver zu werden und ihre ganze Brust zu erfüllen. Wie konnte das sein?

Ella öffnete die Lider einen Spalt und starrte in die Augen von –

»Mr Potts!«, flüsterte sie heiser.

Den Kater schien das nicht zu beeindrucken. Er rückte sich auf ihrem Brustkorb etwas zurecht und schnurrte weiter. Ella lag völlig still, ergab sich in ihr Schicksal und schloss noch einmal die Augen.

Als sie erneut aufwachte, hatte sich das Gewicht von ihrer Brust auf die rechte Schulter verlagert, die sich wunderbar warm anfühlte. Es war hell in ihrem Zimmer und unten im Haus lief das Radio. Mr Potts erhob sich, reckte sich gründlich, sprang vom Bett und marschierte auf die geschlossene Zimmertür zu. Er sah sich nach Ella um und miaute auffordernd.

»Good morning!«, begrüßte sie James, als sie in die Küche kam. Er saß mit einem Becher Tee am Tisch und las die Zeitung.

»Morning! Aber ob der so gut ist? Ich bin mit einem schwarzen Ungeheuer in meinem Bett aufgewacht.«

James warf ihr einen abschätzenden Blick zu. »Ihr seid jetzt befreundet?«

»Keine Ahnung, was das Tier sich denkt. Vielleicht wollte es mich auch zu Tode erschrecken.«

James faltete die Zeitung zusammen und legte sie zur Seite. »Nicht ausgeschlossen.«

Ella schaltete den Wasserkessel ein. Dann setzte sie sich zu ihrem Vater.

»Frühstück?«, fragte er. »Ich hatte schon, aber deins ist auch gleich fertig, wenn du magst.«

»Ich glaube, ich kann höchstens eine Scheibe Toast …«

James nickte, stand auf und schob das Brot in den Toaster. Der Kessel ließ ein leises Pfeifen hören und James goss Ellas Tee auf.

»Du musst mich nicht bedienen«, murmelte Ella. »Ich bin nicht krank.« Sie rieb sich über die Stirn, hinter der es nun wieder spürbar pochte. »Oh, Mist, entweder hat der Kater mich verhext oder Brians Idee mit dem Tequila war doch nicht so gut.«

James schmunzelte und stellte ihr die Tasse hin. Dankbar lächelte sie ihm zu.

»Und was hast du für heute geplant?«, erkundigte er sich.

»Ich will bei Agatha im Heart of Gold vorbeischauen und ihr noch mal für den Kontakt zu den Bucktons danken. Später muss ich zurück nach Feniston Park fahren, ich hab meinen ganzen Kram dort gelassen – auch den Laptop. Und ich will morgen Vormittag gern in die Dorfkirche gehen.«

»Ich würde dich fahren, aber …«, begann James zögernd.

»Nein, nein«, unterbrach Ella ihn, »das geht ganz gut mit Zug und Bus. Du musst deine Pläne nicht meinetwegen ändern.«

In diesem Moment kam Mr Potts in die Küche. Er schaute sich um, als gehöre sie ihm, und blieb neben Ellas Beinen stehen. Einen Augenblick lang schien er zu überlegen, dann rieb er seinen Kopf an ihrem Fuß.

»Offenbar hast du einen neuen Verehrer«, sagte James.

Ella verzog das Gesicht.

»Bist du kein Katzenmensch?«

»Nicht wirklich. Ich hatte nie eine Katze.«

James sah sie verwundert an. »Du erinnerst dich nicht?«

»Erinnern? Woran?«

»Als du ganz klein warst, bevor deine Mutter mich verlassen und dich mitgenommen hat, hatten wir eine Katze. Sie war rabenschwarz und du hast sie überall hin mitgeschleppt.«

Ella schüttelte den Kopf. »Nein, davon weiß ich nichts. Ich war wohl noch zu jung.« Sie überlegte kurz. Wie ihr

Leben wohl verlaufen wäre, wenn ihre Mutter hiergeblieben wäre? »Hatte sie einen Namen?«

»Natürlich. Du hast sie Mrs Potts genannt.«

Ein eisiger Wind wehte, als Ella an der Kathedrale vorbei zum Heart of Gold in der Burgate eilte. Sie schlug den Kragen ihrer Jacke hoch. Endlich erreichte sie den Charity-Shop und öffnete die Tür. Das vertraute Klingeln ertönte und sofort kam ihr Agatha entgegen. Die lila Strähne im weißen Haar passte farblich genau zu ihrer Häkelweste. Man sah ihr einfach nicht an, dass sie bereits über siebzig war.

»Wie lieb, dass du vorbeikommst!« Sie umarmte Ella.

»Ich soll dich von Heather Buckton grüßen. Ach nein, sie heißt ja nicht Buckton, oder?«

»Das war ihr Mädchenname, bevor sie einen Mr Brown geheiratet hat.«

»Heather Brown? Das klingt aber eher nach sozialem Abstieg«, rutschte es Ella heraus.

»Nicht wirklich. Der selige Mr Brown war Jurist, ein führender Politiker der konservativen Partei und sehr angesehen. Komm, wir setzen uns ein bisschen! Ich hab gerade Tee gekocht.«

Ella folgte Agatha in den hinteren Teil des Ladens, wo zwei gespendete Sessel einen kleinen Ruheort boten. Auf dem Tischchen dazwischen standen eine Teekanne, ein Milchtöpfchen und ein halb voller Becher. Agatha nahm einen zweiten Becher aus dem Regal und stellte ihn vor Ella hin.

»Bedien dich!«, sagte sie und setzte sich, dann griff sie

nach ihrem Häkelzeug, das in einem Korb neben dem Sessel steckte.

Ella goss Milch in ihren Becher und füllte ihn mit Tee auf. »Du hast also früher mit Heathers Tochter Iris zusammengearbeitet?«, erkundigte sie sich. »Das hast du mir gar nicht erzählt.«

»Ach, ich wollte dich nicht mit meiner ganzen Lebensgeschichte langweilen«, sagte Agatha. »Aber wenn es dich interessiert: Ich war gerade Oberschwester geworden und sie hatte ihre Ausbildung beendet. Wir hatten beide gleichzeitig unseren ersten Tag am York Hospital, das hat uns sehr verbunden. Auch als sie später wegging, um zu heiraten, blieben wir immer zumindest locker in Kontakt.«

»Aber Kinder hat sie nicht, oder? Heather hat keine Enkel erwähnt.«

Agatha schüttelte den Kopf. »Weder Iris noch ihre Schwester Violet wollten Kinder. Heather hatte es wohl schwer mit dem Kinderkriegen und ihre Mutter ist ja bei der Geburt des dritten Kindes fast gestorben.«

»Du meinst Rose. Ja, das hat Heather erzählt. Ach, bevor ich es schon wieder vergesse – weißt du, wann Iris' Großvater George ungefähr gestorben ist? Im Stammbaum ist kein Datum angegeben.«

Agatha überlegte. »Ich glaube, er ist aus dem Krieg nicht wiedergekommen.«

»Ah, das könnte eine Erklärung sein. Vermutlich weiß man das Datum einfach nicht.«

»Nein, warte, das war anders.« Agatha zögerte. Sie ließ ihr Häkelzeug sinken und runzelte die Stirn. »Ich bin mir nicht ganz sicher, aber ich meine, da gab es einen kleinen Skandal. Ich möchte jetzt allerdings kein Gerücht in die Welt setzen.«

»Oh bitte, sag's mir doch! Sonst frage ich am Ende noch jemanden von den Bucktons und lande im Fettnäpfchen«, gab Ella zu bedenken.

Agatha beugte sich ein wenig näher zu ihr. »Gut. Wenn ich mich richtig erinnere, hat der alte Lord Buckton Fahnenflucht begangen. Er ist von Feniston Park aufgebrochen, angeblich um sich bei seiner Truppe zu melden, ist dort aber nie aufgetaucht. Man munkelte was von Südamerika.«

»Ihm könnte auch etwas passiert sein«, überlegte Ella.

»Dann hätte man ihn wohl gefunden, verletzt oder tot«, entgegnete Agatha.

Ella nickte langsam. Kein Wunder, dass Heather nie von ihrem Vater sprach. Er war die berühmte Leiche im Keller einer ehrwürdigen Familie.

»Wie lange bleibst du eigentlich in Canterbury?«, fragte Agatha nach kurzem Schweigen.

»Ich nehm den Zug in einer Stunde«, erklärte Ella.

»Nein, ich meine nicht heute. Überhaupt.« Agatha sah sie aufmerksam an.

»So etwa zwei Wochen, denke ich. Weihnachten will ich wieder bei meiner Familie sein.« Ella lächelte, als sie sich Sylvias Kinder mit strahlenden Augen vor dem Weihnachtsbaum vorstellte.

»Mmh«, machte Agatha und zog die Brauen leicht zusammen.

Ella wollte gerade fragen, was an ihrem Plan falsch sein

sollte, als sie plötzlich verstand: James. Auch er war jetzt ihre Familie, und zu Weihnachten ... In diesem Augenblick ertönte die fröhliche Cello-Melodie ihres Handys. Erleichtert sah Ella auf das Display, dann hielt sie die Luft an. Sie sprang auf und schnappte sich ihre Jacke und den Rucksack.

»Sorry, ich geh mal schnell raus«, sagte sie.

Kapitel 14

»Hi Alex!« Verflixt, ob ihre Stimme durch das Handy auch so atemlos klang?

»Hi Ella! Ich rufe an …«

Das merke ich, das Telefon hat nämlich geklingelt, lag es ihr auf der Zunge. Doch es gelang ihr, die flapsige Bemerkung zu unterdrücken.

»Ich wusste nicht, dass du wieder hier bist«, sagte Alex. »Und gestern …« Er stockte.

»Was macht deine Leiche?«, erkundigte sich Ella. Tote waren ein sicheres Thema bei Alex, wenn sie selbst sich nicht gerade ermittelnd mit ihnen beschäftigte.

»Ziemlich tot«, erwiderte er, »und nichts für dich.«

Ella glaubte, sein Lächeln hören zu können.

»Tut mir leid, dass ich gestern so schnell gehen musste«.

»Kein Problem!«

»War's nett mit Brian und den anderen?«

»Ja, schon.« Ella räusperte sich.

Sie wusste nicht, was sie sagen sollte, und Alex offenbar auch nicht. Also schwiegen sie eine Weile.

»Ich möchte dich sehen«, sagte er schließlich. »Können wir uns treffen?«

Ella schluckte. »Ich nehme in einer knappen Stunde den Zug nach Rye ab Canterbury West«, sagte sie. »Muss heute noch was arbeiten.«

»Und ich komme hier erst in einer halben Stunde weg.«

»Ende nächster Woche bin ich wieder in Canterbury«, bot sie an.

Alex antwortete nicht sofort. »Hast du dein Zugticket schon?«, fragte er dann.

»Nein, aber …«

»Wo bist du?«

»In der Burgate.«

»Okay, ich komm zu dir. Stell dich vorne an die Lower Bridge Street, ich hol dich gleich ab.«

»Ich dachte, du hast erst in einer halben Stunde Zeit.«

»Jay kann die Stellung halten und der Bericht wartet bestimmt auf mich. Bei dir weiß ich das nicht so sicher. Also?«

»Ich stehe bereit«, erwiderte Ella und signalisierte Agatha durch das Schaufenster des Heart of Gold, dass sie gehen musste.

Agatha nickte und winkte ihr.

»Ich bin schon auf der Treppe«, sagte Alex.

Ella klemmte sich das Handy zwischen Schulter und Ohr und versuchte, im Gehen ihre Jacke zu schließen. »Und ich gleich an der Kirche«, antwortete sie.

»Jetzt bin ich auf dem Parkplatz.« Alex' Stimme klang ein wenig gehetzt.

Ella lächelte. »See you!«, flüsterte sie.

»In einer Minute. Verdammt, Ella, ich dachte, du kommst nie zurück!«

Ella stand am Straßenrand, als Alex schwungvoll neben ihr hielt. Der Autofahrer hinter ihm hupte, doch er beachtete ihn nicht. Stattdessen beugte er sich zum Beifahrersitz und drückte die Tür auf. Ella beeilte sich einzusteigen. Noch bevor sie sich angeschnallt hatte, ordnete Alex sich bereits wieder in den Verkehrsfluss ein.

»Hi!«, sagte sie. Ihr Herz klopfte viel zu schnell.

»Hi Ella!«, erwiderte er, ohne sie anzusehen.

Dann schwiegen sie wieder.

»Ähm, hättest du nicht hier zum Bahnhof abbiegen müssen?«, fragte Ella nach einer Weile.

»Ich hab doch gesagt, ich fahr dich«, antwortete er.

»Bis nach Feniston Park?«

»Wenn du da hinwillst.« Er warf ihr einen kurzen Blick zu und lächelte endlich.

Sie lächelte zurück. »Will ich. Schließlich arbeite ich dort. Weißt du, wo das ist?«

»Irgendwo Richtung Rye?«

»Das nächstgelegene Dorf heißt Lower Feniston, wobei ich mich schon gewundert habe, dass es gar kein Upper Feniston gibt. Aber ›upper‹ ist dann wohl das Schloss, also Feniston Park.« Verflixt, sie plapperte dummes Zeug!

»Du wohnst jetzt in einem Schloss?«, fragte er.

»Nur im Seitentrakt«, erklärte sie. »Im anderen Flügel ist 'ne Baumstiftung untergebracht und der Hauptteil gehört den Touristen. Die Prunkräume werden vermietet für Hochzeitsfeiern und so.«

»Also geht es dir gut?«

Sie nickte. »Und es ist schön, wieder in England zu sein.«

»Wie lange bleibst du?«

»Ich bin noch nicht sicher.« Sie betrachtete seine Hände, die sich am Lenkrad kurz an-, dann wieder entspannten.

»Du hast mir gefehlt«, sagte er leise.

»Du mir auch«, gab sie zu.

»Andererseits war meine Arbeit in den letzten Wochen deutlich einfacher, weil ich nicht auf dich aufpassen musste.« Er grinste. »Ich hoffe, du hast das Detektivspielen aufgegeben!«

»Na ja, sagen wir's mal so: In Deutschland kamen mir keine seltsamen Todesfälle in die Quere.«

»Ui, das klingt, als würdest du das bedauern.«

»Na, irgendwie war es doch spannend.«

Alex zog die Brauen hoch. »Sollte ich dann besser wieder ein Auge auf dich haben?«

»Vielleicht ...« Ella räusperte sich. »Vielleicht könntest du das ja auch einfach so tun. Ohne Leiche, meine ich.«

»Ja, vielleicht könnte ich das. Ich werde drüber nachdenken.«

Gut, sie hatten ihren alten Umgangston wiedergefunden. Ella begann sich zu entspannen.

»Du recherchierst jetzt also was Historisches?«, erkundigte sich Alex.

Ella nickte, und während sie Canterbury auf der A28 langsam hinter sich ließen, fasste sie ihre Nachforschungen der letzten Tage über die tragische Liebesgeschichte zusammen – allerdings vorsichtshalber ohne zu erwähnen, dass Amelias Tod möglicherweise kein Selbstmord gewesen war. Alex war ein guter Zuhörer. Er schien sich wirklich dafür zu interessieren, wie sie das Schreiben eines Romans anging. Viel zu schnell erreichten sie die Einfahrt zu Feniston Park.

»Vorne links hinter der Hecke ist ein kleiner Parkplatz, da kannst du mich rauslassen«, erklärte Ella.

»Wirkt ziemlich verlassen«, sagte Alex, als sie sich dem Haus näherten.

Tatsächlich war weit und breit kein Mensch zu sehen.

»Im Sommer soll es hier aber umso mehr Touristen geben«, bemerkte Ella.

Alex hielt auf dem Privatparkplatz und stieg aus. Er ging um das Auto herum, doch bevor er Ella die Tür von außen öffnen konnte, war auch sie ausgestiegen. So standen sie sich direkt gegenüber, nur durch die Autotür getrennt.

»Ich bring dich noch zum Haus«, sagte er.

»Das brauchst du nicht. Ich bin ein großes Mädchen und habe sogar einen eigenen Schlüssel.« Ella zwinkerte ihm zu.

Aber Alex ließ sich nicht beirren und begleitete sie. Er wartete sogar, bis sie den Schlüssel ins Schloss steckte.

Eigentlich müsste ich ihn jetzt fragen, ob er noch auf einen Kaffee mit raufkommen will, schoss es Ella durch den Kopf. Sie konnte ein Lächeln kaum unterdrücken. Aber es war wohl schlecht möglich, ohne das Wissen der Bucktons einen wildfremden Mann mit ins Haus zu bringen.

»Meldest du dich, wenn du wieder in Canterbury bist?«, fragte Alex leise. »Du hast ja meine Nummer.«

Natürlich hatte sie seine Nummer! Sowohl im Handy auf der Favoritenliste als auch im Kopf. Sie hatte sie schließlich seit Ende August oft genug angestarrt. Sie nickte, drehte sich zu ihm und sah ihm in die Augen. Einen Moment lang genoss sie das Prickeln, das ihren Körper durchfuhr, dann hob sie die Hand und legte sie an seine bärtige Wange.

Er beugte sich zu ihr. »Ella ...« Sein Kuss war vorsichtig, forschend, herausfordernd und viel zu kurz. »Ruf mich an!«, flüsterte er schließlich und trat einen Schritt zurück.

»Mach ich«, versprach Ella und lächelte ihm zu. Dann drehte sie sich um und schloss die Haustür auf. Bevor sie hineinging, schaute sie noch einmal zurück.

Alex stand immer noch da und sah sie an.

Kapitel 15

Es war schwierig, wieder ins Arbeiten zu kommen. Lieber hätte Ella einfach vor sich hin geträumt. Wo Alex jetzt wohl war? War er zurück zur Polizeistation gefahren, um seinen Bericht fertig zu schreiben? Oder war er inzwischen zu Hause? Wo wohnte er überhaupt? Im Sommer hatte er noch bei Tom in dessen kleinem Reihenhaus gelebt. Aber Tom war jetzt in Kanada.

Es gab vieles, über das sie mit Alex hätte sprechen können. Sie hätte sich zum Beispiel nach seiner Schwester Kathy oder nach seinen Eltern erkundigen sollen, die sie auf der Hochzeit seiner Cousine Charly kennengelernt hatte. Stattdessen hatte sie sich fast die gesamte Fahrt lang über ihre eigene Arbeit ausgelassen, über Feniston Park und über Amelia und Felix. Wahrscheinlich hatte sie ihn damit schrecklich gelangweilt. Geküsst hatte er sie allerdings trotzdem. Und in diesem Moment war ihr alles ganz einfach erschienen. Sie verstand selbst nicht mehr, warum sie so lange gezögert hatte, ihn wiederzusehen.

Doch natürlich, ermahnte sie sich, wegen Tom. Es war kompliziert gewesen im Sommer, nachdem sie mit Tom

Schluss gemacht und dann erfahren hatte, dass Alex doch nicht verheiratet war. Sie hatte Abstand gebraucht. Und sie wäre sich irgendwie schäbig vorgekommen, so schnell von einem Cousin zum anderen zu wechseln und am Ende die Freundschaft der beiden zu gefährden.

Sie seufzte und griff nach dem Stapel alter Briefe, die auf dem Schreibtisch auf sie warteten. Vielleicht gab es darin weitere Hinweise auf Georges Schicksal? Bisher hatte sie nur den Eindruck gewonnen, dass er ein sehr bestimmender und eher gefühlskalter Mann gewesen war, zumindest seiner Frau Rose gegenüber. Ob es Briefe von seinen Kindern an ihn gab? Von Rupert und Heather möglicherweise; Stanley war ja erst 1940 geboren, wie sie sich mit einem schnellen Blick auf den Familienstammbaum ins Gedächtnis rief.

Wann genau also war George gefallen oder verschwunden? Und wie konnte sie Heather darauf ansprechen? Oder sollte sie das Thema eher bei Ed anschneiden? Schließlich hatte er seinen Großvater nie persönlich gekannt. Daher sollte es ihm leichter fallen, über ihn zu reden.

Ella nahm die Briefe und legte sich aufs Bett, um sie in Ruhe durchzugehen. Die meisten waren von Rose an George und stammten aus der frühen Zeit ihrer Ehe, als er in Indien gelebt hatte. Sie berichteten von Alltäglichem auf Feniston Park. Trotz einiger amüsanter Teile kam Ella der Grundton der Briefe sehr distanziert vor. Georges Antworten waren nicht weniger kühl, voller Anweisungen zur Verwaltung von Feniston Park, zum Verhalten seiner Frau während der Schwangerschaft sowie zum

Umgang mit dem Personal und mit Amelia, die er als »die arme Invalidin« bezeichnete.

Rose dagegen erwähnte ihre Schwester in ihren Briefen kaum. Amelia schien sich im Hintergrund gehalten zu haben, als sie nach Feniston Park gekommen waren. Hatte sie damals bereits unter Depressionen gelitten? Die Abende hatten die Schwestern offenbar stets gemeinsam verbracht, aber ohne weitere Gesellschaft, obwohl George seiner Frau nahegelegt hatte, die Einladungen bestimmter Nachbarn unbedingt anzunehmen. Doch Rose hatte sich mit ihrer Schwangerschaft entschuldigt, und auch nach der Geburt von Rupert, die sie ihrem Mann sehr nüchtern mit einer offiziellen Geburtsanzeige-Karte mitgeteilt hatte, hatten Amelia und sie eher zurückgezogen gelebt.

Dann entdeckte Ella etwas Interessantes: George hatte vorgehabt, nach seiner Rückkehr aus Indien mit Rose und seinem Stammhalter in das Stadthaus der Bucktons nach London zu ziehen. Doch Rose hatte sich diesem Plan entschieden entgegengestellt, als George ihre Schwester auf Feniston Park hatte zurücklassen wollen:

Es geht Amelia sehr gut und ich kann mir keine bessere Nanny für den kleinen Rupert vorstellen. Auch halte ich das Stadtleben für ein so zartes Kind nicht für geeignet. Ich bin daher nicht damit einverstanden, unser augenblickliches Arrangement auf Feniston Park aufzugeben.

Beigelegt war dem Brief das Foto eines kleinen Jungen in einer Art Kleidchen. Unsicher stand er da und schmiegte sich an das Bein seiner glücklich lächelnden Mutter.

Nach einigem Protest hatte George seiner Frau zugestimmt: Sie und Rupert sollten auf Feniston Park bleiben, er jedoch würde einen großen Teil der Zeit in London verbringen, wohin sie ihm natürlich jederzeit folgen konnten – ohne Amelia.

Schnell blätterte Ella Roses restliche Briefe durch. Sie waren alle auf Feniston Park geschrieben worden. Entweder hatte Rose in London keine Briefe verfasst oder sie hatte ihre Schwester auf dem Landsitz nie verlassen.

Kapitel 16

Ella stieg die Treppe hinab in die Dunkelheit. Die ausgetretenen Steinstufen waren rutschig und sie musste sich an den feuchten Mauersteinen der Wände abstützen. Die Treppe wurde enger und es wurde noch finsterer. Ella tastete sich weiter. Dann sah sie endlich einen flackernden Lichtschimmer.

Der Gewölbekeller, den sie nun betrat, war nur von zwei Kerzen erhellt, die die beiden Frauen, die dort standen, in den Händen hielten. Sie waren völlig in Schwarz gekleidet, ihre Gesichter leuchteten als helle Flecken. Vor den Frauen konnte Ella eine schwere Holzkiste mit Eisenbeschlägen und einem dicken Vorhängeschloss ausmachen.

»Dies ist unser Geheimnis«, flüsterten die Frauen im Chor und deuteten auf die Kiste.

Ella trat zögernd näher. Ein Windzug streifte sie und sie blickte sich um. Aus dem Schatten zu ihrer Linken trat ein Mann. Sie konnte nur seine Silhouette erkennen, doch sie sah, dass er einen Revolver trug. Einen alten Armeerevolver, wie sie ihn damals in der Hand von …

Ein Schuss fiel. Unwillkürlich griff Ella sich an den

Oberschenkel, doch der Schmerz blieb aus. Sie schlug die Augen auf. Ein Traum, der Keller war nichts als ein Traum gewesen!

Es knallte wieder, aber dieses Mal identifizierte Ella das Geräusch als zugeschlagene Tür. Gab es im Haus irgendwo Zugluft? Oder hatte jemand die Tür in einem Wutanfall zugeworfen? Wenn ja, wer – und warum?

Ein Blick auf ihr Handy verriet Ella, dass es erst kurz nach zehn war. Mist, sie musste über den Briefen eingeschlafen sein! Der Stapel, der auf ihrem Bauch gelegen hatte, war zu Boden gerutscht und die Papiere hatten sich vor dem Bett verteilt. Ella seufzte und setzte sich auf. Jetzt war sie wach und würde wahrscheinlich auch nicht so bald wieder einschlafen können. Aber Lust darauf, Roses Korrespondenz nach Hinweisen auf Amelia und Felix zu durchsuchen, hatte sie keine mehr.

Schade, dass es keine Spuren von Felix' Seite gab. Außer seinem Adoptivvater, der kurz nach ihm gestorben war, hatte er niemanden gehabt, hieß es in dem Artikel aus Agathas Buch. Falls er Briefe von Amelia besessen hatte, waren die nach seinem Tod bestimmt vernichtet worden.

Es war kühl im Zimmer – englische Heizungen waren einfach nicht so leistungsstark wie deutsche. Ella schob die Briefe zusammen, stand auf und legte die Papiere zurück auf den Schreibtisch. Dann schaltete sie ihren Laptop ein und ging zum Schrank, um sich einen Wollpullover und ein Paar dicke Socken zu holen.

Sie hatte die rechte Schranktür bereits geöffnet, als ihr einfiel, dass sie ihre Sachen ja nur in den linken Teil gelegt hatte. Dafür entdeckte sie einen Wasserkocher, zwei bunte Becher, ein Körbchen mit Teebeuteln und eine kleine Packung Digestive Biscuits. Verflixt, warum hatte sie dort nicht früher nachgesehen? Aber immerhin jetzt. Heute Nacht konnte sie eine warme Stärkung gut gebrauchen, wenn sie sich Gedanken um ihren Plot machte. Die Wirklichkeit war für einen Roman entschieden zu langweilig. Zwei Schwestern friedlich auf einem Landgut – wen würde das interessieren? Es musste ein dunkles Geheimnis geben, das hatte ihr Traum deutlich gezeigt. Und außerdem brauchte die Handlung einen handfesten Schuss Gefahr, vielleicht eben doch einen Mord? Dann könnte sie einen attraktiven Detective Inspector einführen. Sie lächelte.

Kapitel 17

»Mein Vater verschwand im Herbst 1939, gleich zu Kriegsanfang.« Heather starrte über die Wiese am Ende des Parks, auf der zwei Hirschkühe grasten. »Wussten Sie, dass dies im Mittelalter tatsächlich ein Hirschpark war? Feniston hatte eine königliche Lizenz, und kein Fremder, nicht einmal der König, durfte hier jagen. Das war für die Familie also eine sichere Nahrungsquelle. Wenn sonst der König mit seiner Entourage durch die Lande zog und alle ernährt werden mussten …«

»Dann ist Feniston Park bereits so alt?«, unterbrach Ella sie.

Es musste Heather schwerfallen, über ihren Vater zu sprechen. Doch als Ella sie nach dem Gottesdienst in der kleinen romanischen Dorfkirche vorsichtig auf ihn angesprochen hatte, hatte sie nur genickt und sie zu einem Spaziergang im Park nach dem Mittagsimbiss aufgefordert.

»Ja, durchaus«, antwortete Heather. »Obwohl das Herrenhaus zu dieser Zeit direkt im Dorf neben der Kirche stand. Erst im 17. Jahrhundert, nachdem Feniston Hall bei einem Brand stark beschädigt worden war, kam ein

Vorfahr auf die Idee, ein neues Haus zu bauen, und zwar innerhalb der Mauern des alten Hirschparks. Hier hatte er mehr Platz und natürlich auch mehr Privatsphäre. Der damalige Baron soll diese weidlich genutzt haben. Seine galanten Feste waren allseits bekannt.« Sie lächelte und ging dann weiter den Weg an der Wiese entlang.

Ella folgte ihr. »Daher also der Name Feniston Park?«, fragte sie und überlegte, wie sie das Gespräch zurück auf George lenken könnte.

Heather nickte. »Jedenfalls hat Vater sich an dem Abend von uns Kindern verabschiedet und ist am nächsten Morgen früh aufgebrochen, um sich bei seiner Truppe zu melden. Dort ist er aber nie angekommen.«

Ella zuckte zusammen. Es war, als hätte Heather ihre Gedanken gelesen und auf die unausgesprochene Frage geantwortet.

»Zuerst hat man überall nach ihm gesucht, aber als man keine Spur von ihm fand, musste man davon ausgehen, dass er freiwillig verschwunden war. Er hatte Kontakte nach Südamerika, also wurde schnell gemunkelt, er habe sich dorthin abgesetzt. Ein Fahnenflüchtiger. Ein Feigling.« Heather blieb erneut stehen und verschränkte die Hände. »Mutter muss es gewusst haben. Sie schloss sich schon am Tag seines Verschwindens in ihrem Zimmer ein und ich konnte ihr Weinen hören. Tagelang durfte nur Auntie Amelia zu ihr. Ohne sie …« Heather schüttelte den Kopf.

»Das war sicher sehr schwer für alle«, sagte Ella leise und legte ihre Hand auf Heathers Unterarm.

Heather schaute sie an. »Wir sprechen in der Familie nicht darüber.«

Ella sah die Bitte in ihren Augen. »Ich werde das nicht für meinen Roman verwenden«, versprach sie. »Die Handlung wird nur in den Grundzügen auf der Liebesgeschichte von Amelia und Felix beruhen. Und dann baue ich noch ein paar völlig erfundene Handlungsfäden ein. Sind Sie damit einverstanden?«

»Danke, Kindchen!« Heather löste ihre Hände und tätschelte Ellas Handgelenk. »Und nun lassen Sie uns zurückgehen!«

Ella ließ Heathers Arm los und die beiden Frauen machten sich schweigend auf den Heimweg. Nach einer Weile kam endlich die Sonne hinter den Wolken hervor. Ella sah sich um und atmete tief durch.

»Ihnen gefällt unser Park?«, fragte Heather.

»Oh ja – er ist herrlich, selbst jetzt im Winter.«

»Dann bleiben Sie doch noch ein bisschen hier draußen«, schlug Heather vor. »Bestimmt haben Sie bisher nicht alles entdeckt. Jenseits des Wäldchens gibt es zum Beispiel ein kleines Teehaus. Und wenn Sie den Hauptweg entlanggehen, schauen Sie mal nach rechts! Zwischen den Bäumen kann man irgendwo noch die Reste des Eingangs zu einem alten Eishaus erkennen. Bleiben Sie aber nicht zu lange! Im Wäldchen soll es nachts spuken. Als Kinder haben wir uns jedenfalls nicht in der Dunkelheit dorthin getraut.«

»Das ist eine gute Idee«, sagte Ella. »Vielen Dank für die Tipps! Und keine Sorge – allzu lange werde ich mich hier nicht rumtreiben, schließlich muss ich ja auch noch ein bisschen schreiben. Bis später also!« Sie lächelte Heather zu und schlug den Weg ins Wäldchen ein.

Ein graues Eichhörnchen hüpfte ihr entgegen und kletterte dann einen Baumstamm halb hinauf, um sie neugierig von oben zu betrachten. Ob es sich anlocken ließ? Ohne Nüsse wohl kaum.

Es war so still hier. Ella blickte nach rechts, um nach den Resten des Eishauses Ausschau zu halten. Doch außer einem einzelnen Ziegelstein, der im braunen Laub neben dem Weg lag, entdeckte sie nichts.

Etwas später bog sie ab zu den Gewächshäusern. Dort gab es keine hohen Bäume, sodass sie den Sonnenschein genießen konnte. Das Licht erhellte die Scheiben der Treibhäuser und Ella trat an das erste heran, um hineinzuschauen. Es hatte sich nichts verändert: Kleine Pflänzchen standen auf großen Tischen. Dennoch ließ sie es sich nicht nehmen, auch in das zweite Gewächshaus zu blicken und sogar die Türklinke herunterzudrücken. Es war abgeschlossen.

Ella wunderte sich ein wenig, schließlich befanden sie sich auf einem Privatgrundstück. Wer würde hier Pflanzen klauen wollen? Ein Pflanzenschutzmittel-Hersteller, der hinter Aidans Forschungsergebnisse zu dieser Ulmenkrankheit kommen wollte?

Ella schüttelte den Kopf und sah sich weiter um. Ah, da drüben, das war wohl das Teehaus. Es war nicht allzu weit entfernt, ein kleiner, runder Steinpavillon auf einer wahrscheinlich künstlichen Anhöhe. Ella beschloss, es sich anzusehen. Vielleicht bot es sich als Handlungsort für ein heimliches Treffen von Felix und Amelia an?

Beim Näherkommen wirkte das Teehaus traurig und verlassen. Der helle Marmor der Säulen war an der Basis dick bemoost. Ella stieg die Stufen hinauf und ging hinein. Auf dem Boden entdeckte sie einen Sonnenstrahl, der durch einen Riss im Blechdach fiel. Da musste bis zur Touristensaison noch einiges getan werden.

Plötzlich wurde es deutlich dunkler. Ella warf einen Blick auf den Himmel und sah, dass die Sonne hinter einer dichten Wolkendecke verschwunden war. Sie beschloss, zum Haus zurückzukehren, ging die wenigen Stufen wieder hinunter und blieb überrascht stehen. Aus dem zweiten Gewächshaus kam ein Mann in einer schwarzen Kapuzenjacke. Er sah sich um und verschloss dann die Tür mit einem Schlüssel, der an einem dicken Schlüsselbund hing. War das Aidan oder Drew? Ella rührte sich nicht. Das Ganze kam ihr eigenartig vor. Natürlich konnte man auch am Sonntag arbeiten, sie tat das oft genug. Aber warum diese Heimlichtuerei? Und vor allem: Warum sollte man die Tür abschließen, wenn man drinnen war?

Der Mann verschwand im Wäldchen, ohne sie wahrzunehmen. Gut! Sie musste in den nächsten Tagen definitiv noch einmal ganz unschuldig den Kontakt zur Tree Foundation suchen. Irgendetwas stimmte hier nicht.

Die Haustür war nur angelehnt, als Ella zurückkam. Wahrscheinlich hatte Heather sie nicht fest genug zugedrückt. Vielleicht war ja auch die Gewächshaustür einfach nur verzogen und schloss nicht richtig, überlegte Ella, der das Gesehene nicht aus dem Kopf ging. Also schlossen die Leute von der Tree Foundation sie lieber ab, statt zu riskieren, dass das Treibhaus auskühlte. So konnte es doch tatsächlich sein. Es musste ja nicht überall ein Geheimnis geben.

Ella schüttelte den Kopf und ging ins Haus. Auf der Treppe lag ein brauner Papierumschlag mit ihrem Namen darauf. Ella hob ihn auf, um ihn aufzureißen, doch er war nicht zugeklebt. Sie zog ein Blatt Papier heraus, auf dem »meine Eltern, ca. 1938« stand und darunter eine unleserliche Unterschrift. Neugierig steckte sie die Hand erneut in den Umschlag. Tatsächlich, da war ein kleines, vergilbtes Schwarz-Weiß-Foto mit unregelmäßigem Rand.

Büttenrand, schoss es Ella durch den Kopf.

Das Bild zeigte einen Mann und eine Frau, die für die Porträtaufnahme nebeneinander auf einem hochlehnigen Sofa Platz genommen hatten. Die Frau war auf den ersten Blick als Rose zu erkennen, der deutlich ältere Mann neben ihr musste also George sein.

Ella eilte die Treppen hinauf, zog Jacke und Schuhe aus und knipste die Schreibtischlampe an, um das Foto in besserem Licht betrachten zu können. Rose sah steif und ein wenig unglücklich aus, ganz anders als auf den früheren Bildern mit Amelia oder dem kleinen Rupert. Aber in den 1930er Jahren war das Fotografieren wohl auch noch eine sehr ernste Angelegenheit gewesen. George hatte das offenbar nicht davon abgehalten, breit zu lächeln. Sein bulliger Körperbau und seine Haltung drückten Stolz aus, Macht, Selbstbewusstsein. Er dominierte das Bild. Kaum zu glauben, dass dieser Mann sich ein Jahr später fahnenflüchtig nach Südamerika abgesetzt hatte. Aber so war das ja manchmal mit Tyrannen – im Grunde waren sie Feiglinge.

Ella bewegte das Foto unter dem Lichtkegel. Irgendetwas an Georges Lächeln störte sie. Ah, der linke obere Eckzahn war dunkler als die anderen Zähne. Ein fauler Zahn? Nein, wie sie George inzwischen einschätzte, war das bestimmt ein Goldzahn.

Sie mochte diesen Lord Buckton nicht, nach allem, was sie bisher gelesen und gesehen hatte. Zum Glück war sein Enkel ganz anders. Er schlug wohl eher nach der Familie seiner Mutter – oder seiner Großmutter? Ella betrachtete Roses Abbild erneut. Ja, die Kinnpartie hatte eine deutliche Ähnlichkeit mit der ihres Gastgebers.

Kapitel 18

Heather kam nicht zum Abendessen herauf. Sonntags, so erklärte Grace, traf sie sich immer mit dem Pfarrer und zwei weiteren älteren Damen im Pfarrhaus zum Bridge. Ella unterdrückte ein Lächeln.

»Das wären übrigens gute Kontakte, wenn Sie sich ganz allgemein für die Geschichte von Feniston, also auch für die Dorfgeschichte selbst interessieren«, sagte Grace.

Ella sah von ihrer Suppe auf.

»Sheila, also Sheila Harrison, ist die Tochter der früheren Dorfhebamme, die auch den Buckton-Kindern auf die Welt geholfen hat«, fuhr Grace fort. »Und Maude Tailor kennt alle alten Geschichten. Sie kam in den 1960ern aus einem Nachbardorf als Lehrmädchen zur hiesigen Schneiderin und hat später deren Atelier übernommen. Also, wenn Sie Zeitzeugen suchen …«

Ella bedankte sich für die Hinweise und löffelte weiter. Es war nett, hier zu recherchieren, aber andererseits war sie enttäuscht darüber, wie wenig ergiebig sich Amelias Lebensgeschichte zeigte. Sie würde für einen spannenden Roman viel dazuerfinden müssen. Und wenn sie ganz ehrlich war, wäre sie jetzt lieber in Canterbury, als Feniston-Park-Storys zu hören. Vielleicht hätte Alex Zeit gehabt und sie hätten dort weitermachen können, wo sie aufgehört hatten.

»Und der Pfarrer hat natürlich die alten Kirchenbücher«, sagte Grace, während sie die leeren Suppenteller einsammelte, um danach den nächsten Gang aufzutragen.

»Machen Sie denn gute Fortschritte mit Ihrer Geschichte?«, erkundigte sich Ed.

»Ja, danke«, antwortete Ella. »Obwohl es einfacher wäre, über Rose zu schreiben, weil es da viel mehr Informationen gibt, allein schon durch ihre Briefe.«

Ed nickte.

»Heather hat mir auch von Ihrem Großvater erzählt«, beeilte sich Ella, das kritische Thema anzusprechen. »Aber natürlich werde ich das nicht verwenden.«

Nun zog Ed die Brauen zusammen. »Das war damals ein heftiger Familienskandal. Doch inzwischen sind wir im 21. Jahrhundert angelangt und militärische Ehren sind ein wenig aus der Mode gekommen. Ich denke manchmal, vielleicht war mein Großvater einfach ein Pazifist, der sich in seiner Zeit den Erwartungen zuerst nicht entziehen konnte und sich deshalb dann ganz entzogen hat. Verstehen Sie, was ich meine?«

»Ja, ich denke schon. Sie nehmen also an, der gesellschaftliche Druck, in den Krieg zu ziehen, war zu groß?«

»Genau. Leider haben wir nie erfahren, was aus ihm geworden ist. Er muss seinen Namen geändert haben. Aber ich stelle mir gern vor, dass er eine Rinderfarm in Argentinien hatte.« Ed lächelte.

Grace servierte den Coq au Vin. Ed schenkte Ella ein Glas Burgunder ein und erzählte weiter.

»Meine Großmutter hat ihn nach dem Krieg für tot erklären lassen und so erbte mein Vater schon sehr jung Feniston Park und den Titel. Er war es dann, der angefangen hat, das Anwesen zu modernisieren.«

»Und Ed ist jetzt dabei, es zu digitalisieren«, warf Grace ein und hob ihr Glas. »Die neue Homepage mit all unseren schönen Angeboten für Gesellschaften und Besucher steht seit heute im Internet und wir können frohgemut in die Zukunft blicken.«

Auch Ed und Ella nahmen nun ihre Gläser. Sie prosteten sich zu und tranken einen Schluck.

Friede, Freude, Eierkuchen, musste Ella plötzlich denken und verschluckte sich. Sie begann zu husten.

»Entschuldigung«, presste sie zwischen zwei Hustenschüben heraus, stand auf und eilte hinaus, um sich im Bad zu beruhigen. Als sie wenig später wieder zur Küche zurückging, hörte sie Stimmen, die plötzlich gar nicht mehr so friedlich klangen.

»Gehst du morgen zu Dr Green? Dann frag ihn, wann wir es erneut versuchen können«, forderte Ed.

Grace' gemurmelte Antwort war nicht zu verstehen.

»Verdammt, Grace, andere Frauen in deinem Alter kriegen doch auch noch Kinder, teils sogar ohne künstliche Befruchtung. Erica kann zwar Feniston Park erben, aber wenn ich keinen Sohn habe, fällt der Titel an Nicolas, das weißt du so gut wie ich.«

Ach, das war ja interessant. Wieder war Grace' Antwort zu leise, um sie zu verstehen.

»Das ist mir egal. Der Titel ist wichtig für unser Marketing und wird es auch in zwanzig Jahren noch sein, das hat nichts mit persönlicher Eitelkeit zu tun. Und du brauchst ihn für deine Pläne ja ebenfalls, nicht wahr?«

Besteck klirrte auf einem Teller.

Ella tapste geräuschlos zurück zum Bad. Dort schloss sie die Tür laut und hustete kurz. Als sie wieder in die Küche kam, lächelten ihre Gastgeber freundlich. Doch an Eds Schläfe pulsierte eine Ader und Grace aß den hervorragenden Coq au Vin auf ihrem Teller nicht auf. Sie erhob sich schnell und machte sich daran, das Dessert zu richten.

Während sie die Zuckerkruste auf der Crème brulée mit einem kleinen Bunsenbrenner flambierte, versuchte Ella, das Gespräch auf die British Tree Foundation und deren Arbeit zu lenken. Allzu viel mehr als sie selbst schienen die Bucktons über die Mieter des Westflügels allerdings auch nicht zu wissen: Sie zahlten pünktlich und waren freundlich. Im letzten Sommer hatten sie auf Feniston Park Baumschösslinge zugunsten eines Aufforstungsprojekts an Touristen verkauft. Oberhalb des Labors und der Büros gab es eine große Wohnung, die sich die Angestellten teilten, und dann waren da natürlich noch die beiden Gewächshäuser.

»Und wie haben Sie die BTF gefunden? Oder war es umgekehrt?«, erkundigte sich Ella.

»Das verdanken wir indirekt Grace«, antwortete Ed. »Der Leiter ist der jüngere Bruder einer ihrer Freundinnen. Er hatte gehört, dass wir den Westflügel nach der Renovierung vermieten wollten. Und natürlich war es für die Foundation interessant, dass wir auch das Land für den Bau zweier Gewächshäuser zur Verfügung stellen konnten.«

Nach einigen weiteren Sätzen banalen Geplauders über das Wetter entschuldigte sich Ed mit dem Hinweis, er habe noch zu tun. Grace blieb stumm am Tisch sitzen und drehte ihr Weinglas in der Hand. Ella wollte sich gerade für die Nacht verabschieden, als Grace sie bittend ansah.

»Ich würde so gerne etwas über Portugal von Ihnen hören«, sagte sie und stand auf. »Kommen Sie doch noch auf einen Digestif mit ins Wohnzimmer, da ist es gemütlicher.«

Ella zögerte, dann aber folgte sie Grace.

»Ich habe gerade ›Algarvewinter‹ gelesen«, erklärte Grace, »und bin fasziniert. Haben Sie lange dort gelebt?«

»Drei Jahre, allerdings in Lissabon. An die Algarve sind wir nur manchmal für ein verlängertes Wochenende gefahren.«

»Lissabon. Da wollte ich immer schon einmal hin«, schwärmte Grace und öffnete die Tür zum Wohnzimmer, in dem bereits ein raumhoher geschmückter Tannenbaum stand.

Verflixt, die Frage, wo sie die Feiertage verbringen sollte, musste Ella auch noch klären.

»Setzen Sie sich doch!«, forderte Grace sie auf und machte sich am Kamin zu schaffen.

Enttäuscht stellte Ella fest, dass es kein echter war, sondern ein gasbetriebener. Wenn man allerdings nicht direkt hinschaute, flackerten die Flammen dennoch irgendwie heimelig.

Als Grace ihr ein Getränk anbot, entschied sich Ella für Portwein. Der passte hervorragend, und zwar sowohl zu Portugal als auch zu einem mehr oder weniger gemütlichen Abend mit einer Lady in einem englischen Herrenhaus.

Kapitel 19

»Hab ich dich geweckt?« Alex' Stimme versetzte Ella einen heißen Stich in die Magengrube.

»Nein, ich bin gerade erst in mein Zimmer gekommen, als das Handy klingelte.«

»Recherche?«

»Portwein mit der Lady.«

»Oho!«

»Wir haben uns unterhalten.«

»Das kann ich mir vorstellen.«

»Und du?«

»Ich war heute bei Kathy in Whitstable, sie lässt dich grüßen.«

»Danke.«

Alex schwieg und auch Ella wusste nicht, was sie sagen sollte. Sie schlüpfte aus ihren Schuhen und setzte sich aufs Bett.

»Bist du noch da?«, fragte Alex schließlich.

»Ja.«

»Das ist irgendwie nicht einfach mit uns.« Er lachte leise.

»Wem sagst du das?!«, erwiderte Ella und jubelte innerlich.

»Mit uns«, hatte er gesagt.

»Ich möchte dich besser kennenlernen«, erklärte er.

»Ah, dich interessieren meine Leichen im Keller? Beziehungsweise meine Skelette im Schrank, wie ihr hier so schön sagt?«

»Das wäre ein Anfang.«

»Hm, eigentlich würde ich dir dabei lieber in die Augen sehen«, sagte Ella.

Alex lachte.

»Aber ich könnte dir ein paar Leichen auf Feniston Park bieten«, schlug Ella vor. »Eine unglückliche junge Frau, die aus unerfüllter Liebe ins Wasser gegangen ist. Ihr Liebster, der jahrelang keine Verbindung zu ihr halten durfte und dann ausgerechnet zwei Tage zu spät kam, um sie endlich zu heiraten. Da lag sie nämlich bereits aufgebahrt im Herrenhaus. Also hat er sich erschossen.«

»Aha, du bist wieder fleißig.«

»Moment, ich hab noch etwas – einen verschwundenen Baron, der wahrscheinlich desertiert ist. Aber natürlich weiß ich nicht, ob das alles so stimmt. Ich muss da ein wenig weiter nachforschen.«

»Ella!«

Ungerührt fuhr sie fort: »Vielleicht wurde die junge Frau ja auch betäubt, sodass sie beim Schwimmen ertrinken musste. Und als dann ihr Liebster kam, zu viele Fragen stellte und lästig wurde, hat man ihn erschossen und das Ganze als Selbstmord getarnt.«

»Ella! Du wirst aber nicht ...«

»Der desertierte Baron hat sich möglicherweise gar nicht nach Südamerika abgesetzt. Er könnte ermordet unter dem Gewächshaus im Park begraben liegen, in dem seltsame Dinge vor sich gehen.«

»Das meinst du nicht ernst, oder?!«, fragte Alex entsetzt.

Ella lachte und wünschte sich, ihn jetzt neben sich zu haben und sein Gesicht sehen zu können. »Natürlich nicht. Das sind alles uralte Geschichten aus dem Zweiten Weltkrieg. Außer vielleicht das mit dem Gewächshaus.«

»Was für ein Gewächshaus?«

»Den Westflügel hier hat die British Tree Foundation gemietet. Die haben im Park zwei Gewächshäuser, und die sind immer abgeschlossen.«

»Aha, abgeschlossene Türen – sehr verdächtig! Wie ich dich kenne, hast du aber mal durch die Fenster geschaut, oder?«

»Ja – alles harmlos«, gab Ella zu. »Obwohl es einen Teil gibt, der gemauert und fensterlos ist. Und einer der Mitarbeiter der BTF scheint mich überhaupt nicht zu mögen. Da könnte natürlich …«

»Ich habe so langsam das Gefühl, du willst mich zu dir locken«, unterbrach Alex sie.

»Wer weiß?«

»Dabei wollte ich dir nur einfach gute Nacht sagen.«

»Ach so? Dann also gute Nacht.«

»Gute Nacht, Ella!« Alex zögerte. »Aber falls du doch noch eine Leiche findest, sag mir sofort Bescheid!«

»Versprochen!« Ella legte auf, obwohl die Versuchung groß war, die halbe Nacht mit ihm weiterzuplaudern.

Während sie sich auszog und zu Bett ging, checkte sie im Kopf ihre nächsten Pläne: Morgen Vormittag konnte sie noch ein paar Fotos von Amelias Platz machen, ihr Grab auf dem Dorffriedhof besuchen und vielleicht, wenn sie Lust hatte, tatsächlich zum Pfarrer gehen, um in den alten Kirchenbüchern zu blättern. Am Nachmittag, so hatte sie es mit Heather vereinbart, würde sie sich das Haupthaus genauer anschauen. Sie musste die alte Dame auch nach Felix und seinem Tod fragen. Dann hatte sie eigentlich schon genug Informationen, um nach Canterbury zurückzufahren, wo Alex sie endlich besser kennenlernen konnte.

Kapitel 20

Amelia Latimer
beloved sister
1911–1940

Ein hüfthoher, schlichter Granit-Stein und ein Rosmarinstrauch schmückten Amelias Grab auf dem Friedhof neben der kleinen romanischen Kirche. Ella nahm einen der Rosmarinzweige zwischen die Finger, rieb daran und atmete den würzigen Duft ein. Rosemary is for remembrance – Rosmarin ist zur Erinnerung.

Wie jung Amelia noch gewesen war! Warum war sie nie von hier fortgegangen? Nach dem Tod ihrer Eltern Mitte der 1930er Jahre hatte sie doch Geld gehabt. Hätte sie sich da nicht ein eigenes Leben aufbauen können, sogar mit Felix? Aber sie war bei Rose und den Kindern geblieben, obwohl ihr Schwager ihr nur mit Verachtung begegnet war. Hatten ihre Depressionen ihr die Kraft geraubt? Das war wohl die einzige Erklärung, allerdings nicht unbedingt spannend.

Ella ging die wenigen Schritte hinüber zum Pfarrhaus und klingelte. Hektisches Bellen ertönte.

»Stop it!«, sagte eine Männerstimme, dann öffnete ein grauhaariger Mann Mitte fünfzig die Tür. »Ah, Sie sind bestimmt Mrs Martin. Lady Buckton hat mich schon angerufen und mir mitgeteilt, dass Sie mich besuchen kommen wollen. Ich bin Archibald Humphries, der Pfarrer. Freut mich, Sie kennenzulernen.« Er gab ihr die Hand und bat sie ins Haus. In der Diele nahm er ihr die Jacke ab und hängte sie an einen der schmiedeeisernen Haken an der Wand. »Wissen Sie, ich freue mich sehr, dass mal jemand die Kirchenbücher anschaut. Ich bin selbst ein großer Fan solch alter Dokumente, aber meine Gemeinde ...« Er verdrehte die Augen und schmunzelte. »Kommen Sie, ich habe das entsprechende Buch bereits für Sie herausgesucht! Und ich habe sogar noch etwas anderes gefunden.«

Ella folgte ihm in einen Raum mit dunklen antiken Holzmöbeln. An zwei Wänden standen vollgepackte Bücherregale. Alte, ledergebundene Bände stützten knallfarbige Paperbacks und auf den Bücherreihen lagen weitere Romane, die keinen Platz mehr gefunden hatten.

»Dieses Arbeitszimmer mit all seinen Möbeln und Büchern habe ich von meinem Vorgänger übernommen«, erklärte der Pfarrer. »Und der wohl bereits von seinem Vorgänger. Wer weiß, wahrscheinlich sah es hier schon 1930 oder 1940 so aus.« Stolz blickte er sich um – offenbar mochte er nicht nur alte Dokumente.

Das Kirchenbuch lag aufgeschlagen auf einem Beistelltisch, vor dem ein Stuhl bereitgestellt war.

»Nehmen Sie Platz, Mrs Martin!«

Ella setzte sich und der Pfarrer blieb neben dem Stuhl stehen.

»Leider ist die Vermählung von Lord und Lady Buckton im Jahr 1929 nicht bei uns registriert, da sie in London geheiratet haben. Aber die Taufen von Rupert, Heather und Stanley sind hier verzeichnet. Und der Tod von Amelia Latimer. Soll ich Ihnen die Einträge zeigen oder wollen Sie selbst blättern?«

Ella zögerte. Er schien äußerst glücklich zu sein, ihr seinen Schatz präsentieren zu dürfen. Also warum eigentlich nicht?

»Ja, zeigen Sie mir bitte die Einträge! Danach kann ich ja selbst noch ein bisschen blättern, mich faszinieren solche Dokumente auch immer.«

Der Pfarrer lächelte zufrieden und deutete auf einen leicht verblassten Absatz in eleganter, nach rechts geneigter Schrift. »Hier, die Taufe von Rupert Buckton am 8. Mai 1930. Und hier«, er blätterte einige Seiten weiter, »finden wir die seiner jüngeren Schwester Heather zwei Jahre später.«

Ella sah sich die Einträge aufmerksam an. Der Pfarrer wartete einen Moment, dann beugte er sich erneut vor und schlug eine Seite im hinteren Teil des Buches auf, die mit einem abgerissenen Zettel markiert war.

»Jetzt kommen wir zum Jahr 1940. Am 13. Juli, genau einen Monat nach seiner Geburt, wurde Stanley Buckton getauft, und – Sie sehen, wir sind eine kleine Gemeinde, hier passiert nicht allzu viel – direkt darunter steht der Eintrag des Unfalls von Amelia Latimer drei Monate später.«

Ella schaute ihn überrascht an. »Unfall? Ich habe gehört, es sei ein Freitod gewesen.«

»Nun, das mag sein, aber offiziell kam Miss Latimer bei einem Unfall ums Leben und wurde daher in geweihter Erde bestattet. Da war man ja früher eher pingelig. Selbstmord war ein Verbrechen.«

Natürlich, daran hatte Ella bisher nicht gedacht. Und nach dem Skandal um Georges Verschwinden im Jahr zuvor war die Familie sicher bemüht gewesen, nicht ein zweites Mal Aufsehen zu erregen.

»Sie wurde nicht im Familiengrab der Bucktons beerdigt«, bemerkte Ella.

Der Pfarrer lächelte. »Nun, sie war ja auch keine Buckton, sondern eine Latimer.«

Aha, dachte Ella. Das war wohl ein großer Unterschied für die Familie des Barons.

Sie blätterte langsam wieder nach vorne. Die Schrift blieb dieselbe, nur die Farbe der Tinte wechselte gelegentlich von Schwarz zu Braun oder Blau. Auf einer Seite, neben dem Eintrag der Hochzeit eines John Smith und seiner Braut Mathilda Cooper, prangte ein schwarzbrauner Tintenfleck.

»Es war wohl gar nicht so einfach, mit Feder und Tinte sauber zu schreiben«, vermutete Ella.

»Nein, aber im Kirchenbuch gibt es solche Flecken nur sehr selten. Da hat man sich immer große Mühe gegeben. Oder man hat die Flecken sorgfältig mit einem spitzen Messer weggekratzt – vor allem, wenn an der Stelle noch einmal geschrieben werden musste. Warten Sie!« Der Pfarrer beugte sich wieder über das Kirchenbuch und blätterte vorsichtig darin. »Tatsächlich«, sagte er, »finden wir solch eine Stelle sogar in der Taufeintragung von

Rupert Buckton. Moment – ja, hier ist es.« Triumphierend zeigte er auf die Daten neben Ruperts Namen: »geboren 3/5/1930, getauft 8/5/1930«.

Ella runzelte die Stirn und sah ihn fragend an.

»Sie sehen es nicht? Es ist wirklich sehr gut gemacht.« Er hob das Buch etwas an, sodass das Licht schräger auf die Seiten fiel.

Jetzt entdeckte Ella die Stelle auch. Unter der 3 und der 5 des Geburtsdatums war das Papier leicht aufgeraut und ein wenig dunkler.

»Sie meinen also, hier hat man einen Fleck entfernt?«, fragte sie skeptisch.

»Nicht unbedingt einen Fleck. Vielleicht hatte der damalige Pfarrer sich verschrieben und musste die Zahlen korrigieren. Da wird er sich besonders bemüht haben, schließlich war Rupert der Erstgeborene und Erbe des Barons.«

Ella nickte und zog ihr Handy aus der Tasche. »Haben Sie etwas dagegen, wenn ich mir als Erinnerungsstütze die Einträge fotografiere?«

Der Pfarrer strahlte sie an. »Natürlich nicht. Ich freue mich, wenn ich Ihnen helfen kann.«

Ella fotografierte die drei Einträge zu den Taufen und den zu Amelias Tod, dann erhob sie sich. »Vielen Dank, Mr Humphries! Leider habe ich nicht mehr allzu viel Zeit, sonst hätte ich gerne noch weiter im Kirchenbuch geblättert. Aber ich treffe mich gleich mit Heather – Mrs Brown, die mir die Räume im Haupttrakt von Feniston Park zeigen möchte. Ich kenne von diesem Teil bisher nur die Bibliothek. Und sie kann mir erzählen, wie es früher dort aussah.«

»Es hat sich viel verändert im Herrenhaus.« Der Pfarrer wiegte den Kopf. »Besonders in den letzten zehn Jahren, seit Heather nach dem Tod ihres Mannes nach Feniston Park zurückgekehrt ist. Das ist sicher manchmal schmerzlich für sie.«

Ella nickte. »Das kann ich mir vorstellen. Heather lebt also seit zehn Jahren wieder hier?«

»Ja, zehn oder elf. Die kleine Erica war damals gerade geboren. Es war alles ein wenig turbulent.«

»Turbulent?«

»Nun ...« Der Pfarrer zögerte. »Es ist kein Geheimnis, dass die alte Dame mit ihrem Neffen einige heftige Kämpfe ausgefochten hat«, sagte er schließlich.

»Wirklich? Mir kommt das Verhältnis sehr«, Ella suchte nach den richtigen Worten, »familiär verbunden vor.«

Der Pfarrer schwieg.

Aha, dachte Ella, da trügt wohl auch in dieser Hinsicht der Schein des friedlichen Zusammenlebens auf Feniston Park. Doch da der Pfarrer nicht bereit schien, weiter auf das Thema einzugehen, reichte sie ihm die Hand. »Nochmals vielen Dank für Ihre Hilfe! Das rundet mein Bild sehr schön ab.«

»Es freut mich, dass ich Ihnen behilflich sein konnte. Ich bin schon sehr gespannt auf Ihr Buch.« Er führte Ella hinaus in die Diele und hielt ihr die Jacke bereit.

Sie schlüpfte hinein und bedankte sich erneut. »Ich fürchte aber, mein Roman wird sich von der Wirklichkeit ein ganzes Stück entfernen«, sagte sie, während sie den Reißverschluss hochzog. »Es gibt einfach viele Teile der Geschichte, die nicht unbedingt spannend sind oder über die ich nichts erfahren konnte. Da unterscheidet sich das echte Leben eben doch von der Literatur. In einem Roman hätte ich inzwischen Amelias Tagebuch gefunden und würde genau wissen, was sie gedacht hat und ob sie Felix tatsächlich nie wiedergesehen hat.«

»Oh!« Der Pfarrer schlug sich mit der Hand an die Stirn. »Jetzt hätte ich doch beinahe etwas vergessen.« Er eilte zurück in sein Arbeitszimmer. Als er kurz darauf zurückkam, hielt er ein kleines, in weinrotes Leder gebundenes Büchlein in der Hand. »Nachdem Lady Buckton angerufen hatte, suchte ich das Kirchenbuch für Sie heraus. Da fiel mir plötzlich ein, dass mein Vorgänger immer von den Latimer-Büchern im oberen Regal gesprochen hatte. Ich habe mir nie etwas dabei gedacht, schließlich kannte ich die lokale Geschichte damals noch nicht. Der Name blieb mir allerdings im Gedächtnis, weil Latimer auch der Mädchenname meiner Mutter war. Und jetzt …« Er schien Ella das Buch überreichen zu wollen, zögerte dann aber doch und hielt es vor seinem Körper fest, während er weitersprach. »Ich habe mir also dieses Regal angeschaut und festgestellt, dass der Name der Vorbesitzerin in den meisten Büchern mit Amelia Latimer angegeben ist. Es sieht so aus, als habe sie die Bücher nach ihrem Tod dem Pfarrer oder der Gemeinde ver macht.«

Ella starrte ihn an. War das etwa tatsächlich …?

»Es ist zwar kein Tagebuch«, sagte der Pfarrer, »aber es scheint von Amelia Latimer geschrieben worden zu sein.« Dann streckte er Ella endlich das Buch entgegen.

Sie nahm es und strich vorsichtig über den Ledere inband mit dem Monogramm AL in der rechten unteren Ecke.

»Es sind Gedichte«, erklärte der Pfarrer. »Sie sind nicht besonders gut, fürchte ich. So, wie es aussieht, hat sie sie selbst verfasst. Aber vielleicht helfen sie Ihnen ja, ein wenig in ihre Gedankenwelt einzutauchen.«

Ella schlug die erste Seite auf. In einer blassblauen Schrift mit kindlich runden Bögen stand dort: »1st March 1929«. Schnell blätterte sie weiter. Verszeilen waren eng über das ganze Blatt geschrieben. Die Worte »tanzen vor Glück« sprangen Ella ins Auge. Etwas weiter hinten fielen ihr drei einzelne Zeilen auf einer Seite auf; »verbotene Liebe« war zweimal unterstrichen. Ella hielt für einen Moment den Atem an, dann strahlte sie.

»Das ist ganz wunderbar, Mr Humphries! Und das wollen Sie mir anvertrauen?«

»Nun – Ihnen mag es helfen und ich habe ja noch meinen Shakespeare, der das mit der Poesie doch ein wenig besser kann.« Er zwinkerte ihr zu und Ella lachte.

»Sie bekommen es wieder, bevor ich zurück nach Deutschland fahre«, versprach sie.

Der Pfarrer schüttelte den Kopf. »Ich denke, es wäre vielleicht gut in den Händen ihrer Nichte aufgehoben. Geben Sie es ruhig an Heather weiter.«

Ella zog ihren Schal aus der Jackentasche und wickelte das Buch sorgsam darin ein. Dann packte sie es in ihren Rucksack und verabschiedete sich herzlich. Was für ein Schatz! Und dabei hätte sie den Pfarrer beinahe gar nicht aufgesucht!

Kapitel 21

Eigentlich hatte Ella geplant, Heather gleich von ihrem überraschenden Fund zu erzählen. Doch die alte Dame war in melancholischer Stimmung, als sie die Halle durch den Haupteingang betraten und sich als Erstes im großen Saal umsahen. Es war wohl besser, ihre Gemütslage nicht zu verstärken.

»Ich erinnere mich an ein Fest, das meine Eltern hier gaben, es muss 1936 oder '37 gewesen sein – ich war auf jeden Fall noch sehr klein.« Heathers Augen schienen ein wenig feucht, als sie auf die Wand deutete, an der zwei Stapel zusammengeklappter Tische lagerten. »Dort drüben gab es eine Art Bühne für die Musiker und überall tanzten die Gäste in wunderschönen Kleidern. Rupert und mich hatte man ins Bett gebracht, aber natürlich haben wir uns heimlich heruntergeschlichen, um zuzusehen.« Sie blickte in die Ferne. »Ich hatte fürchterliches Herzklopfen, dass Vater uns entdecken würde.«

»War er sehr streng?«, fragte Ella leise.

»Ich nehme es an. Wenn ich ehrlich bin, erinnere ich mich gar nicht mehr so richtig an ihn. Aber die Erziehung damals war natürlich viel autoritärer als heute. Kinder hatten nichts zu sagen oder gar zu wollen. Wenn ich mir dagegen Erica so ansehe ...« Heathers Lippen verzogen sich missbilligend.

Ob das Erica oder der Erziehung durch ihre Eltern galt, vermochte Ella nicht zu erkennen. Sie ging nicht auf die Bemerkung ein, sondern schaute sich weiter um.

Der einstige Speisesaal war inzwischen modernisiert und zu einem Konferenzzimmer mit Beamer und Whiteboard umfunktioniert worden. Auch der sogenannte Drawing Room, den sie als Nächstes besuchten, war renoviert worden und konnte wohl ebenfalls für Konferenzen oder aber für Gesellschaften genutzt werden. Außerdem gab es für die Gäste von Feniston Park ausreichend Toiletten und für die Damen sogar einen extra Beauty Room mit Schminkspiegeln und kleinen Aufmerksamkeiten wie Körbchen mit Kosmetikprodukten.

Die privaten Zimmer im ersten Stock hatte man zu einem großen Teil als Museum für die Touristen erhalten. Das massive Eichenbett im Herrschafts-Schlafzimmer, das aus dem 18. Jahrhundert stammte, wie Heather erklärte, hatte verblichene grüne Vorhänge. Es fiel Ella schwer, sich vorzustellen, dass es das Ehebett von Rose und George gewesen war. Waren hier Heather und Stanley gezeugt und geboren worden?

Heather führte Ella langsam durch die einzelnen Räume. Am Ende des Gangs blieb sie stehen.

»Das war Auntie Amelias Zimmer«, sagte sie und öffnete die Tür.

Ella betrat den Raum. Auch hier gab es schöne alte Möbel – aus Kirschholz, wenn sie sich nicht täuschte. Auf einem kleinen runden Tischchen zwischen zwei Empire-Stühlen war ein Schachbrett mit kunstvoll geschnitzten Figuren aufgebaut.

Heather war Ella gefolgt. »Das Schachspiel befand sich früher nicht in diesem Zimmer«, erklärte sie und sah sich um. »Und der Sekretär stand dort drüben. Auf dieser Kommode hatte Auntie Amelia immer frische Blumen und …« Ihre Stimme versagte und sie rang sichtlich um Fassung.

Eigentlich hätte sich Ella gerne etwas länger in dem Raum aufgehalten, um der Atmosphäre nachzuspüren, doch Heather wirkte auf einmal sehr gebrechlich.

»Darf ich schnell ein paar Fotos machen?«, fragte Ella und ging zur Tür.

Heather schien erleichtert, als sie ihr folgte. »Selbstverständlich.«

Ella machte einige Aufnahmen. Vielleicht konnte sie später noch einmal ohne Heather hierher zurückkommen? Eigentlich hatte sie über die Bibliothek ja auch Zugang zum Haupttrakt und musste nicht unbedingt von einem Mitglied der Familie begleitet werden, obwohl die Höflichkeit das selbstverständlich gebot.

Sie liefen den Gang zurück und gelangten über die geschwungene große Treppe wieder hinunter in die Halle. In einer Wandnische zeigte Heather Ella eine Tür.

»Hier geht es nach unten zu der alten Küche und den Bedienstetenräumen. Und natürlich zum Weinkeller«, erklärte sie. »Ich würde Sie gerne noch dort herumführen, aber das viele Treppensteigen bekommt meinen Beinen nicht so gut.«

Ella bemühte sich, verständnisvoll zu nicken. Heathers Problem lag wohl eher woanders.

»Ich denke, ich werde mich ein wenig hinlegen.« Heather wirkte tatsächlich müde.

Ella folgte ihr durch den Haupteingang hinaus ins Freie und sah zu, wie die alte Dame sorgfältig abschloss. Ein Windstoß zauste ihre Haare. Dann eilten die beiden Frauen um die Ecke zum Eingang des Wohnflügels.

»Ups!« Beinahe wäre Ella mit Aidan zusammengestoßen, der ihr entgegenkam. Sie versuchte nach rechts auszuweichen, aber er trat gleichfalls zur Seite und lachte, als sie erneut voreinander standen. »Sorry«, sagte Ella entschuldigend.

»Ach, so ein kleines Tänzchen ist ja nichts Schlechtes«, entgegnete er.

Ella lächelte ihn an und dieses Mal gelang das Ausweichmanöver, sodass sie Heather ins Haus folgen konnte. War Aidan im Park gewesen? Eher nicht, er trug nur einen Pullover und die Gewächshäuser lagen auch in der anderen Richtung. Wahrscheinlich hatte er Ed aufgesucht – immerhin war der ja der Vermieter der Räume für die Tree Foundation.

Als Ella an Eds Arbeitszimmer vorbeiging, war die Tür wie immer fest verschlossen. Sie verabschiedete sich von Heather, die sich in ihre Wohnung zurückzog, und stieg die Treppe hinauf. In der Küche lief das Radio und Grace sang ab und zu eine Zeile mit. Dem Geruch nach schien sie zu backen. Vielleicht probierte sie ein neues Rezept aus – auf der Website von Feniston Park hatte Ella die Ankündigung gelesen, dass der hauseigene Shop ab dem Frühjahr hausgemachte Kuchen und Gebäck anbieten würde.

Einen Augenblick lang zögerte sie. Sollte sie hineingehen und Grace von Amelias Gedichten erzählen? Nein, Grace hatte Amelia weder gekannt noch war sie mit ihr verwandt. Es war am höflichsten zu warten, bis Heather sich von der Begegnung mit der Vergangenheit etwas erholt hatte. Vielleicht sollte Ella sich das Buch auch zuerst einmal allein vornehmen. Nicht dass die Familie ihren Einblick in die vermutlich sehr persönlichen Gedichte plötzlich missbilligte.

Sie stieg weiter die Treppe hinauf und ging in ihr Zimmer. Dort legte sie sich bäuchlings aufs Bett und nahm das Büchlein zur Hand, um darin zu lesen.

Ich will tanzen vor Glück
Springen vor Freude
Rennen vor Übermut
Dass es dich gibt
Ich will lachen vor Glück
Singen vor Freude
Jauchzen vor Übermut
Dass es dich gibt

Zwei Seiten lang folgten ähnliche Zeilen, und auch wenn sie keine große Dichtkunst darstellten, machten sie doch die himmelhochjauchzende Verliebtheit der jungen Amelia deutlich. Mit den Worten »Du, der Glückliche, Du mein Glück!!!« endete das Gedicht. Es musste tatsächlich von Felix handeln, denn hieß Felix nicht »der Glückliche«?

Ella schlug das Buch wieder zu und steckte es unter ihr Kopfkissen. Sie würde später weiter darin lesen, jetzt war sie zu unruhig dafür. Der Gedanke an die Tür zu der alten Küche und den weiteren Räumen im Keller ließ sie nicht los. Und wenn sie da wirklich einmal nachsah?

Eigentlich hatte ihr niemand verboten, das Haus allein zu erkunden. Und sie musste sowieso zurück in die Bibliothek, wo auf einem der Regale alte Familienfotos standen, die sie sich noch nicht genau angesehen hatte. Nichts war einfacher, als von dort aus durch die Tür auf der gegenüberliegenden Seite ins Haupthaus zu gelangen.

Wenige Minuten später stand Ella vor der Tür, die Heather ihr gezeigt hatte. Als sie die Klinke hinunterdrückte, hielt sie einen Moment lang den Atem an. Nein, die Tür war nicht verschlossen, und in dem fensterlosen Treppenhaus gab es sogar einen Lichtschalter.

Ella fühlte sich nach Downton Abbey versetzt, als sie die alte Küche betrat, die wohl auch zu den Touristenattraktionen gehörte, so makellos, wie alles aufgeräumt und hergerichtet war. Durch die kleinen Fenster dicht unter der Zimmerdecke fielen einzelne Sonnenstrahlen herein. Der riesige schwarze Herd glänzte mit den Kupfertöpfen und Pfannen, die an der Wand hingen, um die Wette. Altmodische weiß-blaue Keramikdosen trugen die Aufschriften »Sugar«, »Salt« und »Flour« und auf einem der Schränke stand eine alte Milchkanne.

Neben der Küche gab es kleine Kammern, die wohl für den Butler und die Haushälterin gedacht waren, eine

Spülküche und einen Raum, in dem aufgereiht altmodische Schuhe standen.

Ein eigener Schuhputzraum? Cool, dachte Ella.

Zwei andere Kammern waren völlig leer und ihre Verwendung erschloss sich Ella nicht. Dafür entdeckte sie eine weitere Tür. Sie war abgeschlossen, aber der Schlüssel steckte, also öffnete Ella sie. Dahinter führte eine enge Steintreppe in die Tiefe, vermutlich zum Weinkeller. Einen Lichtschalter fand Ella nicht. Doch wozu hatte ihr Handy eine Taschenlampenfunktion? Den Weinkeller wollte sie unbedingt sehen, vielleicht lagen ja noch vergessene Flaschen dort.

Sie zog ihr Handy aus der Gesäßtasche und schaltete die Taschenlampe ein. Auf einmal hatte sie ein Déjà-vu. Wo war sie schon einmal solch ausgetretene Steinstufen hinuntergestiegen?

Vorsichtig tastete sie sich nach unten und erreichte tatsächlich den alten Weinkeller. Nach links erstreckten sich mehrere lange Regale ins Dunkel; leider schienen sie alle leer zu sein. Es war staubig und Spinnen hatten in den vergangenen Jahren ihre Netze ungestört ausbreiten können. Etwas enttäuscht ging Ella an den Regalen entlang. Von diesem Weinkeller hatte sie sich mehr versprochen. Ob vielleicht hinter einer der beiden Türen auf der anderen Seite des Gangs etwas Interessantes zu finden war?

Der erste Raum war völlig leer und fast noch schmutziger als der Weinkeller selbst. Im zweiten standen ein alter Kleiderschrank und daneben ein Stuhl mit drei Beinen. Auch das schien nicht unbedingt spannend zu sein, aber wenn sie nun schon einmal hier war, konnte sie ebenso gut in den Schrank hineinschauen.

Sie zog an der Tür, doch die gab nicht nach. War sie etwa abgeschlossen? Wer schloss denn einen alten Schrank in einem verlassenen Keller ab? Ella richtete den Lampenstrahl des Handys auf die Tür. Nein, es gab kein Schloss, die Tür schien nur zu klemmen. Wahrscheinlich hatte sie sich in den vielen Jahren, die der Schrank hier stand, verzogen. Mit einem kräftigen Ruck gelang es Ella, die Tür doch noch aufzuziehen. Sie leuchtete in den Schrank. Bis auf einen alten, ausgebeulten Jutesack am Boden war er leer.

Ella seufzte. Dann ging sie in die Hocke und nestelte die Schnur auf, mit der der Sack zugebunden war. Sie öffnete ihn und lenkte den Taschenlampenstrahl ihres Handys auf den Inhalt.

»Nein!« Sie schrie auf. Ihr Herz raste und sie schloss kurz die Augen. Als sie sie wieder öffnete, hatte sich der Inhalt des Sackes nicht verändert: gelb-bräunliche Knochen und ein eindeutig menschlicher Schädel!

Kapitel 22

»Ella?« Alex' Stimme klang überrascht.

»Hast du einen Moment Zeit? Ich weiß nicht, was ich jetzt tun muss.«

»Wo bist du? Was ist passiert?«

Ella stand mitten in der Eingangshalle des Haupttrakts, wo der Handyempfang gut genug war, und warf einen Blick auf die Tür zum Keller. Hatte Heather gewusst, was da unten lag, und sie absichtlich zurückgehalten? Nein, vermutlich nicht. Und selbst wenn – wären sie gemeinsam hinuntergegangen, hätten sie den Weinkeller angeschaut und fertig. Nie hätte Ella den Sack gefunden.

»Ich bin noch auf Feniston Park. Im Haupthaus. Ich war gerade im Keller und da war ein Raum …« Ella schluckte. »Also, in dem Raum stand ein alter Schrank, und als ich ihn öffnete …«

»Warst du in Narnia«, ergänzte Alex.

Ella begann zu lachen. Sie konnte sich kaum beruhigen. Das musste der Schock sein.

»Nein, nicht wirklich«, brachte sie schließlich heraus. »Aber du hast doch gesagt, ich soll dich anrufen, wenn ich über eine Leiche stolpere.«

»Tote Ratte?«, scherzte Alex. »Ich fürchte, dafür bin ich nicht zuständig. Aber trotzdem danke für dein Vertrauen.«

»Nein, es ist keine Ratte, sondern eine Leiche im Keller, und um ganz genau zu sein, ein Skelett im Schrank.«

»Ella?« Auf einmal klang Alex ernst. »Ist das ein Witz? Oder willst du damit sagen, dass du tatsächlich menschliche Überreste gefunden hast?«

»Hab ich tatsächlich. In einem Sack. Der war zugebunden und …«

»Du hast ihn geöffnet. Okay, ich geb das gleich weiter. Die Kollegen kommen so bald wie möglich. Wer weiß noch davon?« Alex' sachliche Stimme beruhigte Ella.

»Niemand, ich war allein.«

»Gut, sag erst mal keinem was und warte, bis die Polizei da ist! Dann könnt ihr die Besitzer informieren.«

Ella nickte stumm.

»Ella?«

»Sorry, ich bin ein bisschen durcheinander.«

»Kein Problem, Liebes! Lass alles, wie es ist, geh jetzt in dein Zimmer und warte dort! Kannst du dir einen Tee machen?«

»Ja.«

»Fein, dann tu das! Es ist alles gut. Wenn es ein Skelett ist, handelt es sich ja nicht um einen frischen Mordfall. Also hab keine Angst!«

»Ich habe keine Angst«, sagte Ella leise. »Ich weiß selbst, dass er seit Ewigkeiten tot ist. Also seit 1939.«

»Wie bitte?«

»Ich weiß, wem der Schädel gehört«, erklärte Ella. »Ich habe den goldenen Eckzahn erkannt – wie auf dem alten

Foto. Es ist George, der frühere Lord Buckton, der Anfang des Zweiten Weltkriegs angeblich desertiert ist. Nur dass er nicht wirklich desertiert ist. Er hat Feniston Park nie verlassen. Das konnte er auch gar nicht. Der Schädel hat nämlich ein Loch ziemlich genau in der Mitte der Stirn.«

Nachdem Ella in ihrem Zimmer einen starken Tee getrunken hatte, beschloss sie, sich Alex' Anweisungen zu widersetzen und den Bucktons doch gleich zu beichten, dass sie allein im Weinkeller gewesen war und dabei eine wenig erfreuliche Entdeckung gemacht hatte. Sonst würden sie bestimmt erschrecken, wenn plötzlich die Polizei vor der Tür stand. Und falls sie Ella angesichts all dieser Umstände die Gastfreundschaft aufkündigten, hatte sie noch ausreichend Zeit, um ihre Tasche zu packen und sich auf den Weg nach Canterbury zu machen.

Als sie die Küche betrat, holte Grace gerade ein Backblech aus dem Ofen. Dabei trug sie dicke Topfhandschuhe. Auf einem großen Teller stapelten sich bereits Kekse, die süß und aromatisch dufteten.

»Ich fürchte, ich bereite Ihnen heute noch Unannehmlichkeiten«, setzte Ella an.

»Nein, nein, keineswegs«, unterbrach Grace sie sofort, legte das Blech auf dem Herd ab und zog die Topfhandschuhe aus.

»Leider doch«, widersprach Ella. »Kriegen Sie bitte keinen Schreck, die Polizei wird gleich hier sein.«

Grace zuckte zusammen und begann zu zittern.

»Es ist niemandem etwas passiert, aber ich war heute im alten Weinkeller«, sagte Ella schnell. Dann erzählte sie von der Entdeckung der Gebeine und von ihrem Verdacht, dass es sich dabei um George Buckton handeln könnte.

Völlig fahrig riss Grace derweil eine Schranktür nach der anderen auf, bis sie schließlich eine große Blechdose fand und herauszog. Sie schüttete die Kekse hinein, die fertig auf dem Teller lagen. Dann griff sie nach dem frisch aus dem Ofen geholten Blech. Sie fluchte, als sie sich die Finger verbrannte, packte einen der Topfhandschuhe und fegte auch die noch heißen Kekse so schwungvoll in die Dose, dass sie zerbrachen. Dann schloss sie den Deckel und stellte die Dose in den Schrank unter der Spüle.

Die Frau ist völlig durch den Wind, dachte Ella, als Grace sich endlich auf einen Stuhl fallen ließ und sie wortlos anstarrte. »Kann ich Ihnen helfen?«, fragte Ella besorgt.

»Könnten Sie das Fenster öffnen?«

Ella riss das Fenster auf und Grace atmete ein paar Mal tief ein und aus, als die kalte Luft in die Küche strömte.

»Wir müssen … wir müssen es Ed sagen«, stammelte sie und griff nach ihrem Handy. Sie tippte eine Nachricht hinein und kurz darauf schlug im Haus eine Tür zu. Schnelle Schritte eilten die Treppe herauf, während Grace eine zweite Nachricht schrieb.

Ed kam in die Küche gestürmt und sah sich um. »Was ist passiert?«

»Gleich wird die Polizei hier sein«, antwortete Grace. »Ella hat deinen Großvater gefunden.«

Ed wurde blass und starrte Ella ausdruckslos an. »Meinen Großvater?«

Ella nickte. »Ich fürchte ja.«

»Und wie kommen Sie dazu? Wo haben Sie ihn überhaupt gefunden? Und warum?«

Also musste Ella noch einmal erzählen, wie sie den Weinkeller erkundet hatte und im Schrank auf den Sack gestoßen war.

»Und Sie meinen, dass es sich wirklich um meinen Großvater handeln könnte?«, fragte Ed skeptisch.

»Der Schädel hat einen goldenen Eckzahn ...«

Ed strich sich übers Kinn. »Ich möchte ihn sehen«, sagte er.

Ella schüttelte den Kopf. »Wir müssen alles genau so lassen, wie es ist, bis die Polizei kommt«, sagte sie.

Ed lachte auf. »Das ist immer noch mein Haus. Und mein Großvater. Da werde ich doch wohl ...«

In diesem Moment klingelte es an der Haustür. Ella atmete auf. Wenn Ed sie jetzt hinauswarf, konnte sie immerhin die Polizisten bitten, sie nachher ein Stück mitzunehmen. Als sie zusammen mit Ed und Grace aus der Küche trat, lief Jessie, die Haushaltshilfe, die irgendwo im Haus beschäftigt gewesen sein musste, gerade die Treppe hinunter, um die Tür zu öffnen.

»Führ die Beamten ins Wohnzimmer!«, rief Ed ihr nach und steuerte darauf zu.

Grace und Ella folgten ihm.

Mist, dachte Ella, vielleicht hätte ich doch lieber ein wenig gewartet. Jetzt muss ich die Geschichte zum dritten Mal erzählen. Naja, noch besser wäre es natürlich gewesen, den Schrank geschlossen zu lassen.

Aber dafür war es nun zu spät.

Kapitel 23

Der Rest des Tages verlief einigermaßen hektisch. Zwei Beamte der Kent Police ließen sich von Ellas Fund berichten und folgten ihr in den Keller, um die Knochen mitzunehmen. Leider war für Feniston Park der Shepway District in Folkestone zuständig und nicht Canterbury, sodass Ella keinen der beiden Polizisten kannte. Was sie wohl mit den Gebeinen machten? Würde ein Spezialist sie auf die Todesursache hin untersuchen? Und dann? Einen Mörder konnte man ja nicht mehr finden. Aber vielleicht würde die Familie nun endlich die skandalöse Vergangenheit friedlich begraben können. Eds Großvater war nachweislich nicht verschwunden, um sich vor dem Krieg zu drücken.

Die ganze Zeit über lief Grace völlig kopflos durchs Haus und gab Jessie Anweisungen, die sie kurz darauf widerrief. Von ihrer britischen Distinguiertheit war nichts mehr übrig. Ella hätte sie gerne in die Arme genommen und getröstet. Oder doch lieber geschüttelt?

Ed war dagegen erstaunlich ruhig geblieben. Nur seine Lippen waren deutlich schmaler geworden, als er schließlich hinuntergegangen war, um seiner Tante zu berichten, dass der Verbleib ihres Vaters wohl geklärt war.

Ella blieb zögernd an der Treppe stehen. Niemand hatte ihr nahegelegt abzureisen. Vielleicht sollte sie sich ein bisschen zurückziehen, damit nicht doch noch jemand auf diese Idee kam. Ein kleiner Spaziergang würde ihr guttun.

Sie war einfach drauflos gegangen und fand sich ein wenig überrascht am Teich wieder. In der beginnenden Dämmerung wirkte das Wasser dunkel und bedrohlich, beinahe als wäre es ein Zugang zu einer fremden Welt. Ella schüttelte den Kopf über ihre stets aktive Fantasie. Sie setzte sich auf die Bank an Amelias Platz und versuchte sich vorzustellen, wie Amelia hier mit Rupert und Heather schwimmen gegangen war. Ja, fast konnte sie das Echo ihres Lachens hören.

Eigentlich war dies ein sehr friedlicher Ort. Vielleicht sollte sie in ihrem Roman ein Wiedersehen von Felix und Amelia genau an dieser Stelle einbauen. Irgendwann in den 1930ern, nachdem ihre Eltern gestorben waren, könnte er gekommen sein, um sie zu holen. Aber warum war sie dann nicht mit ihm gegangen?

In Wirklichkeit schien es kein Wiedersehen gegeben zu haben. War die ganze leidenschaftliche Liebesgeschichte über all die Jahre am Ende nur erfunden? Doch wieso hatte Felix sich dann erschossen, als er von Amelias Tod erfahren hatte? Aus Reue?

Ella erhob sich. Ihr Po war eisig von der kalten Steinbank. Sie schlug den Rückweg ein. Immerhin hatte sie

Amelias Gedichte. Wenn alle so persönlich waren wie die ersten Verse, würde sie sich ein gutes Bild von Amelias Innenleben machen und vielleicht sogar das eine oder andere Ereignis herauslesen können. Sie beschleunigte ihre Schritte.

Verflixt, wo hatte sie nur den Schlüssel hingetan? Sonst steckte sie ihn immer in die rechte Jackentasche. Aber da war er nicht.

Während Ella vor der Haustür stand und systematisch ihre Taschen abtastete, fuhr ein schwarzer Wagen mit der grünen Aufschrift »BTF – Help saving our trees!« vom Parkplatz hinter der Hecke. Unwillkürlich beobachtete Ella, wie er im Schritttempo auf die Ausfahrt des Landsitzes zusteuerte. Einen Moment später kam Grace zu Fuß hinter der Hecke hervor. War das Zufall? War sie mit dem Auto weg gewesen oder hatte sie sich auf dem Parkplatz mit Aidan getroffen? Er war heute auch aus dem Wohntrakt der Familie gekommen. Vielleicht hatte er gar nicht Ed aufgesucht, sondern Grace.

Aidan und Grace, überlegte Ella. Nun, Ed schien nicht der aufmerksamste Ehemann zu sein und setzte Grace mit seinem Wunsch nach einem Sohn doch ziemlich unter Druck. Aidan dagegen war der Bruder ihrer Freundin und hatte etwas an sich, das einen denken ließ, man könne sich mit ihm völlig entspannt unterhalten. Vielleicht war es einfach das? Aber egal, es ging sie nichts an.

»Ich habe wohl meinen Schlüssel oben vergessen«, gestand sie, als Grace sie fast erreicht hatte.

»Kein Problem«, sagte Grace, schloss auf und ließ Ella

ins Haus vorgehen, bevor sie die Tür mit Nachdruck zuschob. Sie wirkte ruhiger als vorher am Nachmittag.

»Wir sehen uns beim Abendessen. Heute gibt es aber nur etwas Schnelles«, erklärte sie. »Ich werde einfach eine Pizza belegen. Davon kann ich dann Heather etwas hinunterbringen. Es geht ihr nicht sehr gut. Der Arzt war da und hat ihr ein Beruhigungsmittel gegeben. Die Arme hat sich so furchtbar aufgeregt ...« Sie schüttelte den Kopf.

»Das war sicher ein Schock für sie.«

»Ja, das war es. Ich hätte nicht gedacht, dass es sie so mitnehmen würde. Sie hat Ed ganz fürchterlich beschimpft.«

Ella sah Grace fragend an. Die zuckte mit den Achseln.

»Das habe ich auch nicht verstanden. Aber Heather hatte wohl schon zu Rupert ein schwieriges Verhältnis, und das hat sich auf Ed übertragen. Bis nachher also!« Grace eilte die Treppe hinauf, während Ella ihre Jacke gleich unten in die Garderobe hängte.

Heather hatte zu Rupert ein schwieriges Verhältnis gehabt? Davon hatte Ella bisher nichts gehört. Die Erinnerungen der alten Dame an ihre Tante Amelia und das gemeinsame Schwimmen waren ihr eher liebevoll vorgekommen. Nun ja, später im Leben konnten die Geschwister natürlich noch aneinandergeraten sein. Vielleicht war Rupert ähnlich bestimmend gewesen wie sein Vater und hatte versucht, Heather herumzukommandieren.

Ob Rupert und Heather wohl in Amelias Gedichten vorkamen?

Kapitel 24

Come again! sweet love doth now invite
Thy graces that refrain
To do me due delight,
To see, to hear, to touch, to kiss, to die,
With thee again in sweetest sympathy.

Okay, dieses Gedicht war nicht von Amelia. Ella kannte den Text, sie hatte das Madrigal vor Jahren im Schulchor gesungen. Aber es hatte wohl zu Amelias Trennungsschmerz gepasst. Leise summte Ella die Melodie der Altstimme – seltsam, wie tief sich Musik einprägte, sodass man sie Ewigkeiten später noch plötzlich abrufen konnte. Langsam blätterte sie weiter.

»Opfer auf dem Altar der Liebe« – was sollte das heißen? Die folgenden Zeilen erzählten völlig wirr von halben Opfern und halben Tätern, die Perspektive wechselte von »sie« zu »ich«. War Amelia am Ende gar nicht depressiv gewesen, sondern hatte unter einer anderen Störung gelitten? Oder war dies einfach nur ein besonders schlechtes Gedicht?

Die nächsten beiden waren eindeutig ansprechender:

»Ende des Winters, aufbrechendes Leben«, hieß es da. Verflochten in Beschreibungen knospender Pflanzen war das Bild eines Sees mit einer Steinbank. Diese Zeilen mussten auf Feniston Park entstanden sein, wahrscheinlich im Winter 1929/30. Damit war das »unermessliche Frühlingsgeschenk« im folgenden Gedicht ziemlich klar als Baby Rupert zu deuten, vor allem weil kurz darauf ein schlichter Reim über winzige Füße folgte.

Ella überflog die nächsten Seiten und fand heitere, ein wenig naive Reime, die an Kinderlieder erinnerten – Amelia hatte ihren Neffen Rupert ganz offensichtlich sehr geliebt. Wie schade, dass sie selbst nie Kinder bekommen hatte.

Plötzlich stockte Ella. Die Schrift auf der rechten Seite war völlig verändert, aus den bisher runden, geschwungenen Buchstaben waren steife, gerade geworden, und am Ende der Überschrift, die dieses Mal dick unterstrichen war, prangte ein Tintenklecks. Auch der Ton des Gedichtes war ein ganz anderer. The Grey King – der graue König: Er kam, um zu bleiben, um allen die Freude zu stehlen, um als Schatten zu herrschen. Ein passendes Bild für Amelias Depression und so eindringlich, dass Ellas Magen sich zusammenzog und sie nicht weiterlesen konnte.

Wie Grace schon vermutet hatte, erschien Heather nicht zum Abendessen. Das war einerseits schade, denn Ella mochte die alte Dame, andererseits wurde die Gefahr, doch noch zur Abreise genötigt zu werden, damit deutlich geringer. Ed und Grace schienen recht froh, beim

Pizzaessen leichte Konversation mit Ella betreiben zu können. Sie sprachen über das Wetter, Literatur und Reisen. Zu einem Rückblick auf die Ereignisse des Tages oder einem weiteren Ausflug in die Familiengeschichte war offenbar niemand bereit und nach einer kleinen Portion Eis zum Dessert zogen sich alle zurück.

In ihrem Zimmer versuchte Ella, die am Nachmittag angedachte Szene zwischen Amelia und Felix in den Laptop zu tippen: eine Begegnung zweier Liebender voller Hoffnung und Pläne, die später irgendwie vereitelt werden mussten. Vom grauen König? Aber wie?

Ella hatte eine Freundin, die seit Jahren unter Depressionsschüben litt. Sie hatte miterlebt, wie sehr ein Mensch durch die Krankheit gelähmt wurde, wie die Kraft kaum ausreichte, um den Alltag zu bewältigen. In einer solchen Phase das Leben völlig zu ändern war unmöglich. Also war Amelia bei ihrer Schwester auf Feniston Park geblieben.

Seufzend speicherte Ella die Datei ab. Dann checkte sie kurz die Nachrichten auf Facebook und schaute ein letztes Mal in ihre E-Mails. Im Haus war es still. Es war noch nicht besonders spät, aber sie fühlte sich müde und ein wenig traurig. Etwas aus Amelias Gedicht hallte in ihr nach, eine unterschwellige Angst vor einem schrecklichen Verlust.

Sie ging ins Bad, um eine heiße Dusche zu nehmen – vielleicht würde sie sich dann entspannen und zur Ruhe kommen. Als sie zurückkam, blinkte ihr Handy. Alex hatte ihr eine SMS geschrieben: »Good night – sleep tight!«

Ella lächelte. Heute war wohl der Tag der Gedichte. Einen Moment lang war sie versucht, Alex anzurufen, nur um seine Stimme zu hören. Dann aber tippte sie entschlossen: »Gute Nacht! Was machst du gerade?«

Zwanzig Minuten später lag sie im Bett und hatte immer noch keine Antwort erhalten. Vielleicht musste er arbeiten? Oder er schlief bereits. Sie schloss die Augen und stellte sich sein Gesicht auf dem Kopfkissen vor.

Kapitel 25

Anders als an den Vormittagen zuvor war Grace nicht in der Küche, als Ella herunterkam. So nutzte sie die Zeit, bis das Teewasser kochte, für einen kurzen Blick in den Schrank, in dem Grace ihre frisch gebackenen Kekse am Vortag so wenig liebevoll untergebracht hatte. Doch die Keksdose war nicht mehr da.

»Guten Morgen!«

Ella fuhr herum. »Äh, guten Morgen. Ich suche einen Lappen, ich habe oben meinen Tee verschüttet«, behauptete sie.

Grace sah sie mit zusammengezogenen Brauen an und Ellas Herz begann schneller zu schlagen.

»Haben Sie einen gefunden?«, fragte Grace. »Sorry, ich bin heute keine gute Gesellschaft. Ich habe schreckliche Kopfschmerzen.« Sie ging zum Kaffeeautomaten, stellte einen Becher unter den Zentralauslauf und starrte ihn einige Sekunden lang an. Schließlich drückte sie auf einen der Knöpfe.

»Ja, danke«, log Ella und zog ein grünes Putztuch aus dem Schrank, bevor sie ihn wieder schloss.

»Was haben Sie für heute geplant?«, fragte Grace, doch

ihr war anzumerken, dass sie sich nicht wirklich für Ellas Vorhaben interessierte.

»Das Wetter ist recht schön, ich werde wohl noch einmal ins Dorf gehen«, erklärte Ella vage. »Und ich will heute einiges schreiben.«

Grace nickte und nahm ihren Kaffeebecher. »Dann bis später!« Sie verließ die Küche.

Ella brühte ihren Tee auf, gab Milch hinein und machte sich zwei Scheiben Toast mit Zitronenmarmelade. Sie hatte durchaus ein konkretes Ziel für ihren Besuch in Lower Feniston: Sheila Harrison, die Tochter der Hebamme. Die hatte sich bei Ellas Anruf am Morgen freudig bereit erklärt, aus ihrer Kindheit zu erzählen. Ja, sie war häufig auf Feniston Park gewesen. Ihre Mutter hatte sie stets mitgenommen, wenn sie Rose aufgesucht hatte, als diese mit Stanley schwanger war. Ella sollte doch einfach vorbeikommen.

Mit einem letzten Schluck Tee beendete Ella ihr Frühstück, räumte das Geschirr in die Spülmaschine und das Putztuch zurück in den Schrank. Sie zögerte. Dann öffnete sie den Schrank erneut und holte das Tuch wieder heraus, um es mit nach oben zu nehmen. Wenn sie schon schwindelte, sollte es wenigstens glaubhaft sein.

Sheila Harrison erwies sich als energische alte Dame um die achtzig mit kurzen, stahlgrauen Haaren. Sie trug Jeans und rote Chucks, die farblich genau zu ihrem Lippenstift passten.

»Kommen Sie herein, ich habe uns schon ein Kännchen Tee gekocht«, begrüßte sie Ella und führte sie ins Wohnzimmer, wo am Erkerfenster ein gedeckter runder Tisch und zwei hochlehnige Stühle standen.

Ella bedankte sich und nahm Platz.

»Sie sind also Schriftstellerin?«, fragte Sheila Harrison und goss Ella und sich Tee ein. »Und Sie wollen alles über Feniston Park aufschreiben?«

»Nicht ganz«, erklärte Ella. »Ich bin nur zufällig auf diese tragische Liebesgeschichte von Amelia Latimer gestoßen und lasse mich davon für meinen neuen Roman inspirieren. Aber ich denke, ich werde mich recht weit von der tatsächlichen Geschichte entfernen müssen, denn zu viele Einzelheiten bleiben unklar. Sie erinnern sich noch an Amelia, Mrs Harrison?«

»Bitte nennen Sie mich Sheila!« Sie gab zwei Löffel Zucker in ihre Tasse und rührte um. »Und nein, nicht wirklich. Also, ich erinnere mich gut an Feniston Park und an Lady Rose Buckton. Aber von wann genau die einzelnen Erinnerungen sind, kann ich nicht sagen.«

Ella nickte, bemüht, ihre Enttäuschung nicht zu zeigen.

»Das heißt, ich weiß noch, dass ich mit meiner Mutter oft ins Herrenhaus ging, weil sie Lady Buckton betreute. Wahrscheinlich war die Schwangerschaft schwierig, denn üblicherweise rief man die Hebamme erst zur Geburt. Jedenfalls durfte ich dann mit Heather im Kinderzimmer oder im Park spielen. Ich war furchtbar stolz, als sie mir erklärte, wir wären jetzt Freundinnen für immer.« Sheila lachte. »Wer hätte damals gedacht, dass wir uns nach all den späteren Jahren ohne Kontakt heute jede Woche zum Bridge treffen?«

»Sie erinnern sich also gut an Heather als Kind?«

»Oh ja. Ich sehe sogar ihr wunderbares Puppenhaus noch in allen Einzelheiten vor mir.« Sheila starrte für einen Moment lächelnd ins Leere.

»Und Rupert? Hat er mitgespielt?«

»Nein, Rupert spielte nicht mit Mädchen. Und dazu war er ja viel älter als ich. Ich war damals vier oder fünf. Natürlich war auch Heather ein paar Jahre älter, aber sie war wohl froh, nicht allein spielen zu müssen. Außerdem habe ich brav alles mitgemacht, was sie sagte.«

»Ich dachte, Heather und Rupert standen sich nahe«, sagte Ella verwundert. »Heather hat mir erzählt, wie sie beide mit ihrer Tante Amelia schwimmen gingen.«

Sheila zuckte mit den Achseln. »Also, ich erinnere mich, dass sie Rupert schnitt. Vielleicht hatte es einen Streit gegeben?«

»Könnte es sein, dass das Verschwinden des Vaters damit zu tun hatte?«

Sheila stutzte. »Wissen Sie, darüber habe ich mir nie Gedanken gemacht. Aber tatsächlich muss das für Rupert als Erstgeborenen und Erben eine besonders schwierige Situation gewesen sein. Der Skandal, der Sohn eines Deserteurs zu sein ...« Sie sah Ella aufmerksam an. »Wobei er das ja nicht war, wie wir jetzt wissen«, sagte sie langsam.

Aha, die Nachricht war also schon im Dorf angekommen.

»Sie haben davon gehört?«, fragte Ella.

Sheila schmunzelte. »Jessie Horton ist nicht gerade ein verschwiegenes Mädchen. Und Sie haben den alten Baron gefunden?«

Ella nickte. »Wobei offiziell noch nicht bestätigt ist, dass es sich um George Buckton handelt«, schränkte sie ein. »Erinnern Sie sich an ihn?«

Sheila schüttelte den Kopf. »Überhaupt nicht.«

Schweigend trank Ella ihren Tee. Was konnte sie Sheila noch fragen?

»Da ist hauptsächlich Heather. Und ihre Mutter, aber das mischt sich mit späteren Erinnerungen. Obwohl – ich glaube, ich bin auch Amelia begegnet. Ja, natürlich, ich muss ihr begegnet sein. Ich weiß noch, dass Mummy und Lady Buckton mich in Heathers Kinderzimmer abholten, und da war noch eine Frau, die genauso aussah wie Lady Buckton. Ich muss wohl ganz verstört gewirkt haben, denn Lady Buckton lachte. Mummy erklärte mir dann, dass die andere Dame Lady Bucktons Zwillingsschwester sei. Das war für mich kaum zu begreifen. Ich glaube, da hörte ich das Wort ›Zwilling‹ zum ersten Mal.«

»Die beiden sahen sich also wirklich so ähnlich?«

»Absolut. Wenn die eine nicht sichtbar schwanger gewesen wäre, hätte man sie leicht verwechseln können.«

Ella nickte.

»Und noch etwas hat mich sehr beeindruckt«, erzählte Sheila weiter. »Meine Mutter nahm mich auch mit an dem Tag, nachdem der kleine Stanley geboren war. Da sah ich zum ersten Mal ein Neugeborenes. Es war ganz schrumpelig und ich war furchtbar enttäuscht, aber Heather schien es nichts auszumachen, dass ihr Brüderchen so hässlich war. Ich durfte zusehen, wie sie das Baby im Arm hielt, bevor wir zum Spielen nach draußen geschickt wurden. Noch etwas Tee?«

Ella verneinte dankend.

»Ich musste später immer daran denken, als meine Geschwister geboren wurden. Die waren übrigens viel hübscher!« Sheila zwinkerte Ella zu. »Aber Heather liebte ihren kleinen Bruder von Anfang an. Und das hat sich bis zu seinem Tod nicht geändert. Vielleicht ist Rupert deshalb noch abweisender geworden – ich könnte mir vorstellen, dass er eifersüchtig war.«

»Erinnern Sie sich an Amelias Tod?«, brachte Ella sie wieder auf ihr eigentliches Thema zurück.

»Ja und nein. Ich habe natürlich all die Nachrichten und Gerüchte vom Herrenhaus gehört, doch so richtig habe ich das damals nicht begriffen. Es hieß, die Schwester von Lady Buckton sei ertrunken und der Mann, der sie heiraten wollte, sei zu spät gekommen und habe sich erschossen. Das war irgendwie schlimm, aber bei den Bucktons passierten immer schlimme Sachen. Der Baron war ja auch einfach verschwunden. Und Lady Buckton wäre bei der Geburt von Stanley beinahe gestorben. Ich war nur traurig, dass ich nicht mehr zu Heather zum Spielen durfte.« Sheila stockte.

Ella setzte sich aufrecht auf die Stuhlkante, um ihr zu signalisieren, dass sie bereit war zu gehen. »Herzlichen Dank, dass Sie Ihre Erinnerungen mit mir geteilt haben«, sagte sie.

Sheila wiegte den Kopf. »Nun, das war ja nicht sehr viel. Wie gesagt, ich war noch ziemlich klein damals. Meine Mutter hätte Ihnen besser helfen können. Sie hat alle drei Buckton-Kinder entbunden. Ich frage mich …« Sie stand auf. »Ich habe noch ihre Geburtsbücher. Darin hat sie sich Notizen zu den Schwangerschaften und Geburten gemacht. Das waren früher bestimmt vertrauliche Unterlagen, aber nach so vielen Jahren ist es vermutlich in Ordnung, sie sich anzusehen. Möchten Sie mal hineinschauen?«

Ella erhob sich ebenfalls. »Sehr gerne.«

»Dann kommen Sie doch mit nach oben. Dort steht der alte Schrank meiner Mutter, in dem ich ihre Sachen aufbewahrt habe.«

Kapitel 26

Mit Fotos auf ihrem Handy von den drei Eintragungen der Hebamme zu den Geburten von Stanley, Heather und Rupert machte sich Ella auf den Rückweg. Sheilas Angebot, eine neue Kanne Tee zu kochen und ein paar Sandwiches zu machen, hatte sie nicht angenommen. Es war mühsam und langwierig gewesen, die Schrift der Hebamme zu entziffern und mit ihren Abkürzungen zurechtzukommen, um die entsprechenden Notizen zu finden. Vor dem Krieg hatte es viele Geburten in Lower Feniston und den umliegenden Dörfern gegeben und besonders nach Ruperts Eintrag hatten sie länger suchen müssen. Gefunden hatten sie ihn schließlich im März statt im Mai: 5/3/1930. Das war seltsam. Im Kirchenbuch war das Datum 3/5/1930 verzeichnet, da war Ella sich sicher. Handelte es sich nur um einen Schreibfehler oder war versucht worden, etwas zu vertuschen?

Rose hatte Ende August geheiratet. Das waren weniger als neun Monate bis zum März. Es schien, als hätten sie und George die Hochzeitsnacht doch um einiges vorgezogen und dies verheimlichen wollen. Aber warum diese Mühe? Sie hätten hier im Ort auch einfach behaupten können, früher geheiratet zu haben, wenn nicht sowieso diskret über die Entgleisung hinweggesehen worden wäre. Wen hatten sie mit dem Eintrag im Kirchenbuch täuschen wollen?

Ella schlenderte die Einfahrt von Feniston Park entlang. Irgendwie schien ihr in England Geschichte gegenwärtiger zu sein als in Deutschland. War es, weil es mehr uralte Gebäude gab? Weil im Zweiten Weltkrieg nicht alles zerbombt worden war? Oder einfach nur, weil sie sich hier mit Geschichte beschäftigte?

Es hupte hinter ihr und sie drehte sich um. Trish winkte ihr aus dem Auto zu, als sie sie überholte. Sie hatte sich als »Mädchen für alles« bei der British Tree Foundation bezeichnet – was mochte dahinterstecken? Kaffee kochen konnten Aidan und Drew doch sicher allein.

»Hiya!«, rief Trish Ella entgegen, als sie vom Parkplatz kam. »Sie sind immer noch hier?«

Ella nickte und ging zu ihr. »Ich bin noch nicht ganz fertig mit meiner Recherche«, erklärte sie.

»Na, ehrlich gesagt, gerade jetzt würde ich an Ihrer Stelle sowieso nicht abreisen. Ist doch spannend, das mit den alten Knochen. Im Weinkeller haben Sie die gefunden? Ich frage mich, wie die da so lange liegen konnten, ohne dass sie jemand entdeckt hat.«

»Ja, erstaunlich«, erwiderte Ella.

»Und wieso überhaupt nur Knochen? Hätte man nicht einen verfaulten Körper mit Kleidern finden müssen?«

Ella stutzte. Darüber hatte sie sich bisher keine Gedanken gemacht. Tatsächlich musste jemand die Knochen in den Sack gesteckt haben, nachdem der Körper anderswo verwest war. Hatte der Mörder George begraben und später wieder ausgebuddelt? Oder jemand anderes? Aber warum?

»Haben Sie noch ein wenig Zeit?«, fragte Trish und deutete mit dem Kinn auf die Fenster der Büroräume der BTF. »Ich könnte Ihnen einen Kaffee anbieten.«

Ella zögerte. »Ich habe gerade mit einer alten Dame im Dorf eine ganze Menge Tee getrunken.«

»Kein Problem!« Trish lächelte. »Dann trinke ich den Kaffee allein, aber Sie dürfen trotzdem mitkommen, wenn Sie nichts anderes zu tun haben.«

Das war eigentlich eine gute Gelegenheit, die noch unbekannten Räume im Westflügel kennenzulernen und ein bisschen was über die British Tree Foundation herauszufinden.

»Gerne«, sagte Ella. »Ist es eventuell auch möglich, dass ich etwas ausdrucke? Ich habe ein paar alte Dokumente fotografiert, aber es ist doch anstrengend, sie auf dem Handy zu lesen.«

»Natürlich, kein Problem. Kommen Sie!«

Die Räume waren schlicht und weiß gestrichen. Es gab ein Büro für Aidan, den Leiter der Stiftung, mit einer ganzen Wand voller Bücher und Ordner und ein zweites Büro mit zwei Schreibtischen, auf denen große Computermonitore standen.

»Hier arbeiten Drew und Lola«, erklärte Trish.

»Lola?«

»Unsere neue Praktikantin für's Labor. Sie kommt aus Spanien. Es ist ein wenig schwierig mit ihrem Englisch.

Übrigens, Sie sprechen unsere Sprache hervorragend. Wie lange leben Sie schon in England?«

»Ich habe sechs Monate in Canterbury verbracht, jetzt wohne ich wieder in Deutschland.«

»Sie sind also nur wegen Ihres Buches hier?«

Ella zögerte einen winzigen Moment, dann nickte sie. »Aber ich habe früher mal drei Jahre lang in Australien gelebt.«

»Oh, wie schön! Da wollte ich schon immer mal hin!«, erklärte Trish und öffnete die Tür gegenüber dem Büro der Praktikanten.

Der große Raum war als Labor eingerichtet.

»Hier forscht Aidan an der Ulmenkrankheit und an ein paar anderen Baumschädlingen.«

Ella sah Trish überrascht an. »Ich hatte bisher gedacht, das Labor sei in einem der Gewächshäuser.«

»Nein, nein, da werden nur die Pflanzen aufgezogen. Die Experimente finden ausschließlich hier statt. Es wäre doch sehr umständlich, dauernd hin und her zu rennen, um irgendwelche Werte abzulesen.«

Ella nickte. »Ja, natürlich. Ich kenne mich mit Biologie gar nicht aus, ich hatte nur angenommen, in dem gemauerten Raum am Ende des einen Gewächshauses sei vielleicht eine Dunkelkammer oder so.«

Trish zuckte mit den Achseln. »Mit den Häusern hab ich nichts zu tun. Darum kümmern sich nur Aidan und Drew. Ich mach den Bürokram: Abrechnungen, Spendenquittungen und so. Und ich bring Pakete zur Post. Kommen Sie, gehen wir in mein Büro!«

Auch dieser Raum war schlicht; die BTF schien ihre

Gelder nicht für die Bequemlichkeit ihrer Angestellten auszugeben. Trish wies auf ein kleines rotes Sofa in der Ecke, schaltete den Computer und dann die Kaffeepad-Maschine auf dem Rollschrank ein.

»Wirklich keinen Kaffee?«, fragte sie.

»Nein danke«, sagte Ella und nahm Platz. »Ich hoffe, ich halte Sie jetzt nicht von der Arbeit ab.«

»Aber nein. Heute ist nicht besonders viel zu tun. Im Moment läuft keine Kampagne gegen Abholzung, an der wir beteiligt sind, und die Broschüre für die Schulen ist gestern in Druck gegangen.« Trish setzte sich auf den Bürostuhl, sprang aber wieder auf, als das Lämpchen an der Maschine blinkte, und drückte auf den Knopf. Sie wartete kurz, bis ihr Kaffee fertig war, nahm einen Schluck und wandte sich dann an Ella: »Möchten Sie vielleicht ein Wasser?«

»Nein danke, wie gesagt, ich habe vorhin eine halbe Kanne Tee getrunken.«

Trish ließ sich ebenfalls auf dem kleinen Sofa nieder. Sie zögerte und schien nicht so richtig zu wissen, was sie nun sagen sollte.

Schließlich fragte sie: »Wollten Sie nicht etwas ausdrucken?«

Ella zog ihr Handy aus der Gesäßtasche. »Wenn das möglich wäre. Das würde mir sehr helfen.«

»Kein Problem. Geben Sie mir die Speicherkarte!«

»Es geht noch einfacher.« Ella öffnete ihren Rucksack und zog ein USB-Kabel heraus.

»Wunderbar! Bitte schön.« Trish wies auf den Computer, der inzwischen hochgefahren war.

Ella setzte sich vor den Bildschirm, verband ihr Handy mit dem Rechner und rief das Inhaltsverzeichnis des Handyspeichers auf. Während sie die drei letzten Fotos auswählte und wartete, bis sie ausgedruckt waren, plauderte Trish über einen Kriminalroman, den sie kürzlich gelesen hatte.

»Ziemlich brutal, das Ganze«, erklärte sie, »aber das Schöne ist, dass man ja beim Lesen weiß, die Geschichte ist nur erfunden. Ich glaube auch nicht wirklich, dass es so einfach ist, eine Leiche in Säure spurlos aufzulösen.«

Ella nahm ihre Dokumente vom Drucker, faltete sie zur Hälfte und steckte sie in ihren Rucksack. Dann setzte sie sich wieder zu Trish.

»Damit kenne ich mich nicht aus«, antwortete sie auf deren fragenden Blick. »Ich schreibe ja Liebesromane.«

Trish nickte ein wenig enttäuscht. »Also wissen Sie auch nicht, wie man erkannt hat, dass die Knochen tatsächlich die vom alten Lord Buckton waren?«, fragte sie. »War vielleicht irgendein Siegelring am Finger oder so?«

Ella schüttelte den Kopf. »Die Polizei hat mich nicht informiert. Und selbst wenn, dürfte ich wahrscheinlich nichts sagen.«

»Um den Täter nicht aufzuschrecken? Nun, wenn es wirklich Lord Buckton ist, dürfte es ein bisschen spät sein, um nach dem Schuldigen zu suchen.«

»Ja, aber ich glaube, die Polizei will sichergehen, dass es sich wirklich um einen so alten Fall handelt.« Ella stand auf. »Vielen Dank fürs Drucken.«

Trish erhob sich ebenfalls und begleitete Ella zur Bürotür. »Sie finden allein raus?«

Ella nickte und verabschiedete sich. Als sie aus der Haustür trat, kamen Aidan und Drew aus der Richtung der Gewächshäuser auf sie zu. Jeder trug einen großen Karton. Drew zuckte zusammen und flüsterte Aidan etwas zu. Der schüttelte den Kopf.

»Keep calm«, las Ella von seinen Lippen.

Drew sah entschieden zu Boden, als die beiden Männer sich ihr näherten. Nein, auf ein Gespräch mit dem Typen hatte Ella nun wirklich keine Lust. Der war doch irgendwie gestört! Sie lächelte also Aidan zu und grüßte ihn freundlich. Dann wandte sie sich rasch um und ging ums Haus herum zum Eingang des Ostflügels.

Kapitel 27

Wieder war die Küche leer und das Haus ungewöhnlich still. Jessie schien ihren freien Tag zu haben, denn sonst tönte um diese Tageszeit immer der Staubsauger. Ella stieg die Treppe hinauf zu ihrem Zimmer. Sie schaltete den Laptop ein und nahm die Ausdrucke aus dem Rucksack, um sie endlich genau zu studieren. Ob die Hebamme vermerkt hatte, warum Roses dritte Schwangerschaft so problematisch gewesen war? Auch Heather hatte bei ihrer zweiten Tochter eine schwere Geburt gehabt, wie sie erzählt hatte, ohne Einzelheiten zu erwähnen. Dabei galt doch sonst immer die erste Geburt als die schwierigste und langwierigste.

Die Notizen der Hebamme waren kaum zu entziffern. Neben der unleserlichen Schrift erschwerten viele Abkürzungen das Verstehen. Ella fluchte leise. Eigentlich kannte sie sich gar nicht so schlecht mit den medizinischen Begriffen aus, sie hatte sich für einen ihrer früheren Romane mit den möglichen Eintragungen im Mutterpass beschäftigt. Doch das war auf Deutsch gewesen und half ihr jetzt nicht weiter.

Immerhin konnte sie Größe und Gewicht zum Zeitpunkt der Geburt lesen – Stanley war ein kräftiger Junge gewesen. Wenn sie von Heather und Ed auf die Körpergröße ihrer Mutter beziehungsweise seiner Großmutter schließen konnte, war Rose eher klein und zierlich gewesen. Hier stand etwas von Blutverlust. Ein Riss? Schwierigkeiten mit der Plazenta? Es gab tausend Gründe, warum Frauen früher so oft bei Geburten gestorben waren. Aber Rose hatte überlebt – auch dank Amelia. Und als Rose sich wieder erholt hatte, war ihre Schwester ins Wasser gegangen …

Ella seufzte und nahm sich die Eintragungen zu Rupert vor. Sie waren knapp gehalten; die Hebamme war nur einmal vor seiner Geburt auf Feniston Park gewesen, um die werdende Mutter zu untersuchen. »Para 0« entzifferte Ella, also bisher keine Geburten – es war Roses erste Schwangerschaft gewesen. Größe und Gewicht des Babys lagen deutlich unter den Werten von Stanley. Und bei Heather? Ein kurzer Blick zeigte Ella, dass auch Heather eher klein und leicht gewesen war.

Wie hatte Amelia die Kinder ihrer Schwester erlebt? Hatte sie Rose beneidet? Eines der Gedichte aus ihrem Buch hatte das »unermessliche Frühlingsgeschenk« beschrieben, das Ella als Rupert gedeutet hatte. Vielleicht gaben andere einen Eindruck von Heather und Stanley wieder?

Ach, warum erfand sie nicht einfach alles so, wie sie es für ihr Manuskript brauchte?

Weil du die Wahrheit wissen willst, antwortete sie sich selbst. Und zwar gar nicht mal so sehr die Wahrheit über Amelia und Felix, sondern vielmehr über das Loch im Schädel von Lord Buckton.

»Hello Alex? Ella hier. Störe ich?«

»Ella? Bitte sag mir, dass du nicht schon wieder eine Leiche gefunden hast!«

»Nein, natürlich nicht.«

»Gut!« Alex' Stimme klang erleichtert.

»Ich wollte mich nur nach der alten erkundigen«, erklärte Ella. »Lord Bucktons Gebeine – hat sich da irgendwas herausgestellt? Todesursache oder so?«

Alex seufzte. »Du kannst es anscheinend nicht lassen. Also, ich weiß gar nichts, das bearbeiten die Kollegen in Folkestone.«

»Kannst du nicht mal formlos nachfragen? Ich würde gerne wissen, ob er wirklich erschossen wurde. Das Loch in seinem Schädel sah auf jeden Fall danach aus.«

»Ella!«

»Stell dich nicht so an! Der Mann ist seit über fünfundsiebzig Jahren tot. Das ist kein Mordfall mehr, sondern Geschichte. Ich mische mich also nicht in einen …«

»Hab ich was gesagt?«, unterbrach Alex sie.

»Nicht direkt«, musste Ella zugeben. »Aber …«

»Okay, ich frag nach.«

»Danke!«

»Kann ich sonst noch was für dich tun?«

»Hm.«

»Hm?«

Ella zögerte, ihr wurde plötzlich warm. »Ich könnte mir schon etwas vorstellen«, flüsterte sie.

Alex lachte. »Miss Martin, versuchen Sie etwa, mit mir zu flirten? Ich bin im Dienst!«

»Gut, dann eben nicht.« Ella stimmte in sein Lachen ein. »Vielleicht ein anderes Mal?«

»Ich würde es nicht ausschließen.«

Einen Moment lang schwiegen sie, dann sprachen beide gleichzeitig: »Wann kommst du zurück?« – »Ich komme spätestens am Freitag zurück.«

Ella lachte wieder. »Mir scheint, wir denken an dasselbe.«

»Wer weiß?«

»Ruf mich an, wenn du was erfährst!«

»Wenn ich was erfahre?«

»Über den Tod von Lord Buckton.«

»Ach, den hätte ich jetzt beinahe vergessen.«

Ella stöhnte.

»Okay, okay, ich spreche mit Folkestone – sobald du die Leitung freigibst.«

»Also sofort. Bye!« Ella drückte die Auflegen-Taste auf ihrem Handy, bevor sie es sich anders überlegen konnte. Sie lächelte.

Detective Inspector Alex Drake und Ella Martin – wer hätte das gedacht?

Kapitel 28

Hatte Felix George getötet? Im Streit, weil George Amelia als Kindermädchen behalten und nicht mit ihm gehen lassen wollte? Oder weil er sie schlecht behandelt hatte? Es war zu Beginn des Krieges gewesen, Felix und George waren Soldaten gewesen und sicher hatten sie auch Schusswaffen getragen. So ein kleines rundes Loch im Schädel konnte kaum anders entstanden sein. Dann hatten Felix und Amelia Georges Leiche weggeschafft, ihn ausgezogen, seine Uniform verbrannt und ihn begraben. Jahre später hatte Rose, die von allem gewusst, ihre Schwester aber gedeckt hatte, ihn wieder ausgebuddelt und die Knochen im Keller versteckt. Felix war nach der Tat in den Krieg gezogen und erst im folgenden Jahr zurück nach Feniston Park gekommen. Amelia hatte es auf die Dauer nicht verkraftet, dass ihr Liebster zum Mörder ihres Schwagers geworden war, und sich das Leben genommen.

Konnte es so gewesen sein? Ella starrte auf den Bildschirm ihres Laptops. Gerade hatte sie die neue Handlungsidee in groben Zügen aufgeschrieben. Für die Begegnung von George und Felix benötigte sie noch ein dramatisches Setting. Vielleicht Amelias Platz am Teich? Dort hätten sich Felix und Amelia heimlich treffen können und wären dann von George erwischt worden. Ja, das müsste gehen.

Und wo könnten sie die Leiche vergraben haben? Direkt am Teich? Oder eher im Wäldchen, wo man nicht so leicht beobachtet wurde, wenn man ein Loch aushob? Schließlich hatte es 1939 noch einige Angestellte auf Feniston Park gegeben, wahrscheinlich auch einen Gärtner, der über das Gelände gewacht hatte.

Ella schrieb ihre letzten Überlegungen auf und speicherte die Datei unter »Mord an George« ab. Dann schloss sie den Deckel des Laptops. Sie musste sich Amelias Platz noch einmal anschauen, bevor es dunkel wurde. Gab es dort eine Stelle – vielleicht hinter der Hecke –, von der aus George die beiden Liebenden hätte belauern können?

Der Nieselregen, der eingesetzt hatte, machte den Gang durch den Park nicht gerade gemütlich, aber die frische, kühle Luft war angenehm nach dem langen Sitzen am Laptop, und der Weg zu Amelias Platz erschien Ella kürzer als sonst. Ja, hinter der Hecke hätte George durchaus belauscht haben können, was Amelia und Felix auf der Steinbank sprachen. Im September war die Hecke sicher noch voll belaubt gewesen und hatte ihn vor ihren Blicken geschützt. Dann war er hervorgekommen und hatte Felix konfrontiert. Die Männer hatten sich gestritten, irgendwann hatte einer die Pistole gezogen – oder hatten sie damals Revolver? Das musste Ella recherchieren.

Am besten zog George zuerst die Waffe und Felix handelte in Selbstverteidigung. George war Ella wegen des kalten und pedantischen Tons seiner Briefe gehörig unsympathisch, er passte also wunderbar in die Rolle des Antagonisten.

Gut, dann fiel George etwa an dieser Stelle zu Boden. Und danach? Ella starrte aufs Wasser hinaus. Warum beschwerten sie die Leiche nicht einfach mit irgendetwas und warfen sie in den Teich? War er nicht tief genug? Oder lebte George noch und sie versuchten, ihn zum Haus zu tragen, aber er starb unterwegs? Das war nicht sehr wahrscheinlich mit einem Kopfschuss, aber schön dramatisch. Zufrieden machte sich Ella auf den Weg zum Wäldchen. Dort würden sie George in einer Nacht- und Nebelaktion begraben.

Als Ella das Wäldchen betrat, hörte sie Männerstimmen. Die eine klang aufgeregt und drängend, die andere beruhigend. Ella erkannte Drew und Aidan. Schade, dass sie nichts verstehen konnte. Die Stimmen schienen näher zu kommen und Ella blieb hinter einem Stechpalmenstrauch stehen, um zu lauschen.

»Aber wenn Lola etwas merkt?«

»Lola hat keinen Schlüssel zum Gewächshaus, wie soll sie denn …?«

Die Stimmen entfernten sich wieder. Was war da Geheimnisvolles im Gewächshaus? Ella wartete noch einige Atemzüge lang, dann wählte sie den Weg zu den Glashäusern.

Natürlich war die Tür des zweiten Gewächshauses

wieder abgeschlossen. Mist! Ella schaute sich das Schloss genauer an – es handelte sich um ein einfaches Zylinderschloss. Wenn sie jetzt das passende Werkzeug oder zumindest zwei Haarnadeln hätte, könnte sie ausprobieren, was die Dozentin ihnen beim letzten Autorentreffen im Lockpicking-Seminar gezeigt hatte. Haarnadeln hatte sie keine, aber vielleicht etwas anderes? Sie durchsuchte die Taschen ihrer Jacke. In der Innentasche wurde sie schließlich fündig: drei Büroklammern, eine kleine Schraube und eine Sicherheitsnadel. Sie grinste. Manchmal war ihre Angewohnheit, allen möglichen Kleinkram aufzusammeln und in ihre Taschen zu stecken, eben doch nützlich.

Schnell sah sie sich um und bog dann die dickste Büroklammer auf. Wenn es ihr gelang, sie am Ende entsprechend zu formen, müsste sie sie als Spanner benutzen können. Und eine der anderen beiden schien glatt und stabil genug zu sein, um als Pick zu dienen. Mit etwas Gefühl würde sie damit die einzelnen Sperrstifte hinunterdrücken können. Bei den Vorhängeschlössern, an denen sie im Seminar geübt hatten, war es nicht wirklich schwer gewesen, den Zylinder zu öffnen. Allerdings waren die Schlösser damals durchsichtig gewesen, sodass man hatte sehen können, was drinnen vor sich gegangen war.

Ella hielt den Atem an und steckte das selbst gebastelte Werkzeug ins Schloss. Ihr Herz begann zu rasen und sie zögerte. Immerhin war sie dabei, eine Straftat zu begehen. Wenn Alex das wüsste! Aber er wusste es nicht. Niemand würde davon erfahren. Und sie würde weder etwas beschädigen noch etwas stehlen. Entschlossen wandte sie sich wieder dem Schloss zu.

Es war nicht ganz einfach, aber schließlich gelang es ihr, die Tür zu öffnen. Dankbar dachte sie an die Dozentin, die ihr diese nützlich gewordene Fertigkeit beigebracht hatte, und trat ein. Wie sie schon von außen durch die Fenster gesehen hatte, standen überall Pflanzen in verschiedenen Wachstumsstadien – vom Keimling bis hin zum Minibäumchen. Am anderen Ende des Gewächshauses, wo der gemauerte Teil begann, entdeckte sie eine Metalltür. Sie drückte die Klinke hinunter. Die Tür ließ sich mühelos aufziehen und gab den Blick auf Dunkelheit frei. Ella tastete nach einem Lichtschalter. Ja, da war einer.

Kaltes Neonlicht erhellte den Raum. Es war keine Dunkelkammer, sondern eine Art Lager mit einem Regal voller flach gefalteter, mittelgroßer Pappkartons, wie Aidan und Drew sie kürzlich getragen hatten. Wahrscheinlich dienten sie zum Versand der Pflänzchen. Konnte man lebende Pflanzen einfach in einem Pappkarton verschicken? Wenn der Transport nicht zu lang dauerte, wahrscheinlich schon.

Ella trat einen Schritt in den Raum und entdeckte eine schmale Steintreppe. Verborgen hinter dem Regal mit den Kartons führte sie nach unten. Gab es dort einen weiteren Abstellraum? Ella stieg die Treppe hinunter und hörte ein leises Summen. Irgendwo musste hier eine elektrische Anlage laufen, zum Beispiel eine Heizung, Lüftung oder Kühlung. Oder gab es vielleicht eine Klimakammer?

Am Ende der Treppe befand sich eine zweite Metalltür.

Auch sie war abgeschlossen, hatte allerdings ein Sicherheitsschloss, dem Ella mit ihren Büroklammern nicht beikommen würde. Enttäuscht stieg sie die Treppe wieder hinauf, knipste das Licht aus, schob die Metalltür zu und ging durch das Gewächshaus nach draußen. Es dämmerte bereits und das Schloss an der Außentür war schlecht zu erkennen. Nur mit Mühe gelang es Ella, das Taschenlampenlicht ihres Handys darauf zu richten, indem sie das Gerät in eine Reißverschlusstasche ihrer Jacke klemmte. Dann steckte sie ihre beiden Werkzeuge in den Zylinder. Allerdings tat sich dort trotz aller Bemühungen nichts. Verflixt, wie kriegte sie das Schloss wieder zu? Das hatten sie in dem Seminar leider nicht gelernt.

Nach zwei Dutzend Fehlversuchen gab Ella auf. Die BTF-Leute würden am nächsten Tag ein offenes Gewächshaus vorfinden. Aber wahrscheinlich würden sie sich keine großen Gedanken darüber machen. Vielleicht beschuldigten sie sich gegenseitig, nicht abgeschlossen zu haben. Kein Mensch konnte wissen, dass Ella sich hier umgeschaut hatte. Und sie hatte ja auch nichts verändert.

Halbwegs beruhigt begab sie sich auf den Rückweg. Als sie das Haus erreichte, musste sie grinsen, denn die Eingangstür war wieder nur angelehnt. Heute war wohl der Tag der offenen Tür! Sie schloss sie sorgfältig, zog Stiefel und Jacke aus und ließ sie im Garderobenraum.

Vorbei an Eds Bürotür lief sie den Korridor entlang. Sie war schon an der Treppe, als ihr einfiel, dass sie doch eigentlich ins Wäldchen gegangen war, um einen geeigneten Ort zu finden, an dem die Leiche von George begraben worden sein könnte. Der Einbruch in das Gewächshaus hatte sie völlig aus dem Konzept gebracht. Und jetzt war es bereits zu dunkel draußen.

Aus Heathers Wohnung erklang leise klassische Musik. Beethoven, wenn Ella sich nicht irrte. Sie zögerte, dann klopfte sie an die Tür.

Kapitel 29

»Ella, wie nett, dass Sie mich besuchen!«

Ella lächelte. »Ich wollte schauen, wie es Ihnen geht.«

»Kommen Sie doch herein!«, lud Heather sie ein und führte sie dann ins Wohnzimmer, wo im offenen Kamin ein Feuer flackerte.

Erst als Ella genauer hinsah, erkannte sie, dass auch dieses nicht echt war.

Heather hatte ihren Blick offenbar bemerkt. »Wir durften leider die alten Kamine nicht weiter benutzen – Brandschutzrichtlinien, Sie verstehen? Kann ich Ihnen etwas anbieten?«

»Nein danke, das ist nicht nötig«, lehnte Ella ab. Wenn sie jetzt einen weiteren Schwarztee trank, würde sie die halbe Nacht nicht schlafen können.

»Nicht einmal einen kleinen Sherry? Ich trinke um diese Zeit immer einen und würde mich freuen, wenn Sie mir ein wenig Gesellschaft leisten.«

»Wenn das so ist – gerne«, sagte Ella.

Es gab gewiss Schlimmeres, als mit einer alten Dame zu Beethoven-Musik einen Sherry zu trinken.

»Nehmen Sie doch Platz!« Heather deutete auf einen

Sessel und Ella setzte sich, während Heather einen der Schränke öffnete und eine Flasche herausnahm. Sie goss den Sherry in zwei langstielige Gläser aus feinstem Kristall, die bestimmt Familienerbstücke waren. Eines davon reichte sie Ella. »Ein Amontillado«, erklärte sie und ließ sich auf dem Sofa nieder.

Ella roch an der bernsteinfarbenen Flüssigkeit und probierte dann. Der Sherry hatte ein zartes und doch pikantes Aroma.

»Stört es Sie, wenn ich ein wenig häkle, während wir uns unterhalten?«, fragte Heather. »Ich muss ein Weihnachtsgeschenk fertigstellen. Meine Nichte Daisy, also Stanleys Tochter, hat sich eine Decke zu Weihnachten gewünscht und ich bin noch nicht so weit, wie ich sein sollte.« Sie griff neben das Sofa und nahm ein Wollknäuel und eine Häkelnadel aus einem Korb. »Möchten Sie mal sehen?«, fragte sie. Auf Ellas Nicken hin breitete sie mehrere Häkelquadrate in verschiedenen Blau- und Violetttönen auf dem Couchtisch aus.

»Wie schön!« Ella nahm eines der Quadrate in die Hand.

»Mir fehlen noch zwanzig«, erklärte Heather. »Und natürlich muss ich dann alles zusammenhäkeln.«

»Kann ich Ihnen helfen?«, bot Ella spontan an.

»Sie können häkeln?«

»Ja, zumindest solche Granny Squares.«

Heather nickte anerkennend und reichte Ella eine Häkelnadel und ein dunkelblaues Wollknäuel. »Wenn Sie das Dunkle übernehmen könnten – das strengt meine Augen doch immer sehr an.«

Die ersten Maschen häkelten sie beide noch schweigend. Aber wie Ella schon bei ihren Häkeltreffen mit Agatha und Dorothy in Canterbury festgestellt hatte, ließ es sich zu den mechanischen Bewegungen einer Handarbeit besonders leicht plaudern. Zuerst drehte sich das Gespräch nur um Allgemeinheiten, doch schnell waren sie bei den Ereignissen des vergangenen Tages angelangt.

»Ich möchte mich bei Ihnen dafür entschuldigen, dass ich einfach allein in den Keller gegangen bin«, sagte Ella.

Heather winkte ab. »Nicht der Rede wert. Wenn ich noch etwas besser zu Fuß gewesen wäre, wären wir beide sowieso hinuntergegangen. Es sind ja keine Geheimnisse ...« Sie stockte. »Nun ja.«

»Es tut mir leid.«

»Was? Dass Sie die Überreste meines Vaters gefunden haben? Dafür müssen wir Ihnen doch dankbar sein! So ist endlich bewiesen, dass er keine Fahnenflucht begangen hat, und die Ehre der Bucktons ist wieder hergestellt. Das heißt, wenn man vom alten Edward Buckton absieht. Der lebte im 19. Jahrhundert und hatte, wie man erzählt, so einiges auf dem Kerbholz. Er soll sogar einmal eine Kutsche überfallen haben. Schließlich starb er kinderlos und Feniston fiel an unsere Linie der Familie.«

»Ich frage mich allerdings«, setzte Ella vorsichtig an, »wie die Gebeine Ihres Vaters in einen Sack im Keller kamen.«

Heather ließ ihr Häkelzeug sinken. »Sie haben recht«, sagte sie. »Daran habe ich überhaupt nicht gedacht. Wenn er einfach gestorben wäre, hätte man ihn nicht versteckt, sondern den Arzt gerufen, um den Tod offiziell feststellen zu lassen.« Sie seufzte.

»Erinnern Sie sich an seinen letzten Tag auf Feniston Park?«

Heather schüttelte den Kopf. »Nein, nicht wirklich. Ich weiß aber, dass Mutter immer erzählt hat, wie er sich von uns, also von Rupert und mir, verabschiedet hat, als wir ins Bett gingen. Dann verbrachte er die Nacht noch zu Hause und brach morgens früh auf, um sich in London zum Dienst zu melden. Danach hat ihn niemand mehr gesehen.« Sie blickte zum Fenster hinaus. »Ich erinnere mich jetzt im Alter an so viele Dinge aus meiner Kindheit«, sagte sie leise. »Aber an den Abschied von meinem Vater kann ich mich nicht erinnern.« Sie atmete einmal tief durch, holte ein Knäuel weißer Wolle aus dem Korb und reichte Ella den fliederfarbenen. »Hier, nehmen Sie diesen Ton für die nächste Reihe!« Sie zeigte auf eines der Quadrate, dessen dunkelblaue Mitte mit einem hellvioletten und einem weißen Streifen umhäkelt war. »Von denen brauche ich noch drei.«

»Gerne. Erzählen Sie mir doch von Ihren Brüdern! Waren sie sich ähnlich oder eher unterschiedlich?«, lenkte Ella das Gespräch wieder zurück auf die Familie. »Wie haben Sie sich mit den beiden verstanden?«

»Stanley und ich waren uns sehr ähnlich. Wir waren am liebsten draußen und ich habe ihm auch das Schwimmen beigebracht. Unsere Mutter hatte wenig Zeit für ihn.«

Ella sah überrascht auf. »Im Teich?«

»Ja, natürlich im Teich – dafür war er ja da. Ach so, Sie meinen wegen Auntie Amelia. Nun, Stanley hatte selbstverständlich keine Erinnerung an sie, und für mich – ich glaube, für mich lag ihr Tod schon so lange in der Vergangenheit, als Stanley und ich den Teich für uns entdeckten, dass ich den Ort nur noch mit glücklichen Erinnerungen in Verbindung brachte. Alles andere habe ich wohl verdrängt.«

»Und Rupert?«

»Bevor Stanley geboren wurde, haben wir uns eigentlich gut verstanden. Möglicherweise einfach deshalb, weil es hier auf Feniston Park keine anderen Kinder in unserem Alter gab und wir nur einander hatten. Aber irgendwann – es hatte vielleicht mit dem Verschwinden unseres Vaters und mit seiner Rolle als Erbe zu tun – wurde er unerträglich arrogant. Daher war ich sehr glücklich, als die kleine Sheila öfter zum Spielen zu uns kam. Sheila Harrison, die Tochter der Hebamme, die Mutter betreute, als sie mit Stanley schwanger war«, erklärte Heather.

Ella nickte. »Ich habe sie getroffen.«

»Sie war ein süßes Ding mit langen Zöpfen und großen Augen und sie machte alles mit, was ich wollte!« Heather lachte. »Anders als Rupert, dem es immer zu kalt oder zu heiß oder zu laut war und der sich am liebsten in sein Zimmer verkroch. Ich war froh, als er nach Oxford ging und ich ihn nicht mehr jeden Tag sehen musste.«

Ella ließ ihr Häkelzeug sinken. Hatte Heather das ernst gemeint?

»Ed ist seinem Vater sehr ähnlich«, fuhr Heather fort. »Er nimmt keine Ratschläge an und beharrt auf seinem Recht als Baron. Als hätte er mit dem Titel auch Weisheit geerbt.«

Ups, da hing der Familiensegen wohl schiefer als gedacht. Ella schwieg und begann die letzte, weiße Reihe des Quadrats, während Heather laut ihren Gedanken nachhing.

»Diese ganze Modernisierung ... Ja, es war notwendig, eine weitere Finanzierungsquelle für den Unterhalt von Feniston Park zu finden. Aber hätte es nicht genügt, die Touristen werktags hereinzulassen? Müssen hier an den Wochenenden auch noch Hochzeiten oder Firmenjubiläen stattfinden?« Sie schüttelte den Kopf. »Waren Sie schon mal auf einer modernen Hochzeit?«

Ella nickte.

»Dann wissen Sie vielleicht auch, wie es hinterher aussieht. Ein paar wertvolle Stücke sind kaputtgegangen, bis ich Ed davon überzeugen konnte, die öffentlichen Räume für Festlichkeiten mit stabilen neuen Möbeln auszustatten und die Gemälde auszutauschen. Der Constable aus dem Salon – was habe ich um ihn gebangt!«

Sie zeigte auf ein kleines Landschaftsgemälde in einem breiten Holzrahmen, das ihre Wand schmückte. Dicke Regenwolken türmten sich am Himmel über einem Flusslauf, die Blätter der Bäume am Ufer schienen erwartungsvoll stillzuhalten.

Constable – angestrengt versuchte sich Ella zu erinnern, was sie über ihn wusste. Er war ein wichtiger englischer Maler. Das Gemälde war bestimmt sehr wertvoll. Gerade wollte sie etwas Entsprechendes sagen, als Heather abrupt ihr Häkelzeug neben sich legte.

»Vielleicht hat er sich umgebracht«, überlegte sie laut.

»Constable?«

»Nein, mein Vater. Irgendjemand muss ja gewusst haben, dass er nicht desertiert, sondern tot war. Aber diese Person hat nichts gesagt. Warum nicht? Ich kann mir das nur so erklären, dass die Schande des Selbstmords ebenso schlimm gewesen wäre: ein Mann, der lieber in den Tod ging, statt für sein Vaterland zu kämpfen.« Heather blickte unstet im Zimmer umher.

Ella schüttelte den Kopf. »Heather, Sie können doch gar nicht wissen ...«

»Die Polizistin, die hier war, hat gesagt, im Schädel sei ein Loch, das wahrscheinlich von einem Schuss stammt.«

»Das heißt nicht automatisch, dass Ihr Vater sich das Leben genommen hat.«

Heather sah Ella an. »Aber«, sagte sie langsam, »aber wenn das wirklich ein Einschussloch ist und er sich nicht selbst getötet hat, lässt das doch nur noch einen Schluss zu.« Sie schluckte. »Er wurde ermordet!«

Kapitel 30

Ella konnte unmöglich Felix' und Amelias Geschichte wie geplant aufschreiben. So gut sie die Idee, dass George ermordet worden war, am Nachmittag noch gefunden hatte, so pietätlos erschien sie ihr jetzt, nachdem sie fast eine Stunde lang bei Heather gesessen und sie getröstet hatte. Der Gedanke, dass ihr Vater einem Verbrechen zum Opfer gefallen sein könnte, hatte die alte Dame völlig aus der Fassung gebracht. Und doch war es die wahrscheinlichste Theorie. Denn wer schoss sich schon mitten in die Stirn, wenn er sich selbst richten wollte?

Auf Heathers eindringliches Nachfragen hin hatte Ella zugeben müssen, dass sie bei ihrem kurzen Blick in den Sack das Loch vorne im Schädel des Skeletts gesehen hatte. Lange hatte Heather hin und her überlegt und sich zu erinnern versucht, wer etwas gegen ihren Vater gehabt haben konnte. Ein verärgerter Pächter oder ein neidischer Nachbar? Doch es schien kein Motiv zu geben für den Mord an einem Mann, der am nächsten Tag für sein Vaterland in den Krieg ziehen wollte.

Schließlich hatte Heather Ella verabschiedet. »Gehen Sie nur, sonst kommen Sie zu spät zum Abendessen«, hatte sie gesagt. »Und entschuldigen Sie mich bitte bei Grace.«

Langsam stieg Ella die Treppe hinauf. Sie hatte noch etwas Zeit, um sich frisch zu machen, dann würde sie den würzigen Düften in die Küche folgen. Vielleicht konnte sie vorher sogar einen weiteren Blick auf die Notizen der Hebamme zu Heathers Geburt werfen. Möglicherweise fand sie im Internet eine Seite, die ihr bei den englischen Abkürzungen weiterhalf.

In ihrem Zimmer klappte sie den Laptop auf. Während er aus dem Schlafmodus erwachte, nahm sie die Papiere zur Hand, die links auf dem Schreibtisch gestapelt waren. Hatte sie die Ausdrucke nicht zuoberst gelegt? Nein, hier waren sie, unter dem gefalteten Blatt mit dem Stammbaum: Rupert, Stanley, Heather. Aber warum diese Reihenfolge? Sie hatte die Angewohnheit, alle Unterlagen chronologisch zu ordnen, dementsprechend hätte Heathers Eintrag zwischen Ruperts und Stanleys liegen müssen. War Jessie doch im Haus gewesen und hatte sauber gemacht? Dabei konnte leicht das eine oder andere Papier zu Boden gefallen sein. Und beim Aufräumen hatte Jessie dann die Reihenfolge durcheinandergebracht. Seltsam war nur, dass das Zimmer ansonsten unberührt wirkte.

Ella setzte sich an den Schreibtisch und startete ihr Schreibprogramm Papyrus, um noch einmal in ihre Notizen vom Mittag zu schauen. Eine Datei öffnete sich automatisch: die Szene, in der sich Felix und Amelia zum ersten Mal begegneten. Moment, sie hatte als Letztes »Mord an George« geschrieben! Deshalb hätte eigentlich diese Datei auf dem Bildschirm erscheinen müssen.

Verwirrt rief Ella die Liste der zuletzt geöffneten Dokumente auf und starrte sie an. Hier stimmte etwas nicht. Wieso erschien die Datei »Rose« an fünfter Stelle? Das Manuskript zu ihrem Liebesroman »Canterbury Rose« war seit Monaten abgeschlossen, die Figurendatei der Heldin hatte sie schon ewig nicht mehr gebraucht.

Plötzlich begriff Ella: Weil jemand gedacht hatte, der Name bezöge sich auf Rose Buckton. Dieser Jemand hatte sich an ihrem Computer zu schaffen gemacht und wahrscheinlich auch die Unterlagen auf dem Schreibtisch durchgeschaut. Aber warum? Wenn Ed, Grace oder Heather wissen wollten, was sie schrieb und welche Szenen sie entwickelte, konnten sie doch einfach fragen! Sie hatte ja angeboten, alles mit ihnen zu besprechen.

Ein heißer Stich durchzuckte sie. Amelias Gedichte! Sie sprang auf und eilte zum Bett. Zum Glück lag das Buch unberührt unter ihrem Kopfkissen. Sie atmete auf. Bisher hatte sie niemandem davon erzählt. Aber vielleicht hatte der Pfarrer es irgendwo erwähnt und jemand hatte versucht, es zu finden.

Nein! Ein Buch war ein Buch. Wenn man es suchte, öffnete man keine Dateien auf einem Laptop. Hier ging es um etwas anderes. Aber um was? Wer interessierte sich so für ihre Notizen und Ideen?

»War Jessie heute nicht da?«, fragte Ella beim Abendessen.

»Nein, Dienstag ist ihr freier Tag«, erklärte Grace. »Wieso?«

»Ich vermisse ein Blatt mit Notizen«, log Ella. »Es hätte sein können, dass Jessie es gesehen hat. Eigentlich war ich mir sicher, dass ich es auf den Schreibtisch gelegt habe, aber ich verlege manchmal Sachen.«

»Etwas Wichtiges?«, erkundigte sich Ed.

»Äh, nein, nur eine Skizze des Geländes als Gedächtnisstütze.«

»Oh, ich kann Ihnen eine Karte des Grundstücks kopieren, wenn Sie so etwas brauchen«, bot Ed an.

»Wenn Sie eine haben, wäre das natürlich hilfreich. Vielen Dank!«

»Geht es denn gut voran mit Ihrem Buch?«, fragte Grace, doch Ella hatte den Eindruck, dass sie eher höflich als interessiert war.

»Ja, danke. Bis Freitag werde ich alle Recherchen abgeschlossen haben, denke ich. Dann haben Sie wieder Ruhe vor mir.«

»Aber es ist schön, Sie hier zu haben«, protestierte Grace.

Ed nickte nur und schwieg. Ella lächelte höflich. Die Bucktons hatten jetzt wohl anderes zu tun, als sich um eine neugierige Autorin zu kümmern, die den verschollenen Großvater im Keller gefunden hatte. Wobei immer noch ungeklärt war, wie seine Knochen in den Sack gekommen waren.

Erneut hing Ella ihren Gedanken nach. Eigentlich war die Theorie, dass Felix George erschossen hatte, doch nicht so übel, weil sie ja niemanden aus der Familie Buckton belastete. Wenn sie jetzt noch irgendeine Idee hätte, wer die Leiche wieder ausgegraben und die Knochen versteckt haben könnte! Vielleicht ein Freund von Felix, dem er alles gebeichtet hatte? Jemand aus dem Dorf? Er konnte sich als Angestellter auf Feniston Park aufgehalten und eines Nachts den Toten umgebettet haben. Aber warum?

»Gab es hier außerhalb des Hauses seit dem Zweiten Weltkrieg größere Baumaßnahmen?«, fragte Ella schließlich.

Vielleicht hatte dieser ominöse Freund ja davon erfahren und George ausgegraben, damit er nicht gefunden werden konnte.

»Nein, wir haben nur die alten Gebäude Stück für Stück restauriert, das Teehaus zum Beispiel«, erklärte Ed. »Obwohl das schon wieder repariert werden müsste.«

»Du vergisst die Gewächshäuser«, ergänzte Grace.

»Natürlich, die sind recht neu, aber wir hatten mit dem Bau nichts zu tun. Das haben alles die Leute von der BTF veranlasst und organisiert, ich habe ihnen nur einen Teil des Grundstücks zur Verfügung gestellt.«

»Das eine Gewächshaus scheint mir außergewöhnlich«, sagte Ella. »Das mit dem gemauerten Anbau. Wissen Sie, was sich in diesem Teil befindet?«

»Ich glaube, der Leiter der Stiftung hat einmal von einem Lagerraum gesprochen«, antwortete Grace sofort.

»Das kann gut sein, aber ich habe keine Ahnung«, erklärte Ed. »Wie gesagt, ich habe nur das Gelände zur Verfügung gestellt.«

Ella nickte. Seltsam, wie schnell Grace eine Erklärung parat gehabt hatte. Und warum bezeichnete sie Aidan so förmlich als »Leiter der Stiftung«? War der Raum unter dem Gewächshaus am Ende ihr Liebesnest? Eine Sado-

Maso-Folterkammer? Ella konnte sich ein Grinsen nicht verkneifen, als ihre Fantasie wieder einmal mit ihr durchging. Grace warf ihr einen Blick unter gerunzelten Brauen zu. Also riss sich Ella zusammen und ging zum harmlosen Thema der Weihnachtsdekorationen über. So plauderten sie, bis sich Ella nach dem Dessert endlich verabschieden konnte.

Das Kind des Glücks versinkt im Grau des Königs,
So wie die Königin ummantelt wird von seiner Macht.

Ella ließ Amelias Buch sinken. Während die ersten Gedichte einen gewissen fröhlichen Charme gehabt hatten, beschlich sie beim Lesen der späteren ein ungutes Gefühl. Etwas Dunkles, Verzweifeltes lauerte hinter den Worten und der graue König der Depression war allgegenwärtig. Er verschlang Königinnen, das Glück und die Liebe. Und es gab keine Möglichkeit, ihm zu entfliehen. Wie unglücklich Amelia gewesen sein musste!

Ella blätterte zur letzten beschriebenen Seite. Irgendwann musste Amelia wieder aus der Depression herausgekommen sein, denn hier war sie zum Stil ihrer Anfangsgedichte zurückgekehrt.

Drei Strahlen des Sonnenscheins
Erhellen dir den Tag
Mit ihrem Kinderlachen

Waren damit Rupert, Heather und Stanley gemeint? Ella legte das Buch beiseite und nahm sich erneut die Notizen der Hebamme vor. Sie hatte im Internet eine Seite gefunden, die typische Abkürzungen erklärte.

Rupert hatte sich bei der ersten Untersuchung in Steißlage befunden, das Br hieß »breech«. Doch dann hatte sich das Kind noch einmal gedreht und war als OA vermerkt, also »Occiput Anterior«: Kopf unten, Gesicht nach hinten, die ideale Geburtsposition. FMF hieß »fetal movements felt« – »Kindsbewegungen gefühlt«, und Oed wies auf Ödeme hin, das war Ella nun klar. Letztlich war bei der Schwangerschaft und Ruperts Geburt alles gut gegangen, auch wenn Rose unter geschwollenen Beinen und Händen gelitten hatte.

Regen klopfte leicht gegen die Scheiben. Ella gähnte. Ihr fielen fast die Augen zu. Morgen bei Tageslicht würde sie sich besser konzentrieren können. Sie warf einen Blick auf ihr Handy. Keine Nachricht von Alex. Schade!

Sorgfältig sortierte sie die Unterlagen auf dem Schreibtisch. Nach kurzem Zögern nahm sie Amelias Gedichte jedoch wieder zur Hand und steckte das Buch in ihren Rucksack, den sie unters Bett schob. Natürlich wollte sie es der Familie letztlich überlassen, aber erst, wenn sie es vollständig gelesen hatte.

Kapitel 31

Ella stieg die Treppe hinab in die Dunkelheit. Die ausgetretenen Steinstufen waren rutschig, deshalb stützte sie sich an den feuchten Mauersteinen der Wände ab. Die Treppe wurde enger und es wurde finsterer. Ella tastete sich weiter. Da, endlich ein flackernder Lichtschimmer!

Der Weinkeller war nur von zwei Kerzen erhellt, die Amelia und Rose in den Händen hielten. Sie wiesen auf einen alten Schrank in der Ecke. Ella trat zögernd näher und öffnete die Tür. Sie klemmte ein wenig und quietschte. Auf dem Boden des Schrankes lag ein schmutziger Sack.

»Dies ist unser Geheimnis«, wisperten die Frauen.

Im Licht ihrer Kerzen löste Ella den Knoten des Seils, das den Sack verschloss. Ihr Herz raste. Langsam öffnete sie den Sack. Ein Neugeborenes in einem weißen Spitzenschal sah sie mit großen, dunklen Augen an.

Ella zuckte zusammen und schlug die Augen auf. Sie atmete tief ein und stieß die Luft dann durch die Nase aus. Manchmal konnten Träume inspirierend sein, aber manchmal waren sie einfach nur ätzend. Und dennoch war es interessant, wie ihr Gehirn den Fund im Weinkeller und ihre Beschäftigung mit den Notizen der Hebamme miteinander verknüpft hatte. Eigentlich hatte nur noch der graue König aus Amelias Gedichten gefehlt.

Ein Blick auf ihr Handy verriet Ella, dass es zu früh zum Aufstehen war. Es würde erst in einer Stunde hell werden. Dennoch war sie so wach, dass sie sich erhob und sich einen Tee aufbrühte. Mit ihrem Early Morning Tea setzte sie sich zurück ins Bett und steckte ihre Beine unter die noch leicht warme Decke. Sie nahm ihr Handy, stellte den Ton an und checkte ihre Nachrichten. Alex hatte sich nicht gemeldet. Dafür hatte Sylvia Fotos von sich und den Kindern geschickt, aufgenommen bei der gestrigen Probe zum Krippenspiel. Inga und Lisa standen stolz vor der Kanzel, während die Zwillinge zwischen den größeren Kindern herumkrabbelten.

»Sie wollen auch mitspielen, stöhn«, schrieb Sylvia.

»Bind ihnen ein Fell um, als Schäfchen machen sie sich doch gut«, antwortete Ella und fügte ein Smiley hinzu. Sie musste Weihnachten zurück in Bonn sein – diese Aufführung konnte sie sich nicht entgehen lassen!

Aber was war mit James?

Langsam trank Ella ihren Tee und sah dabei aus dem Fenster. Der Himmel erhellte sich rötlich. Morgenrot – Schlechtwetterbot? Hoffentlich fing es erst an zu regnen, wenn sie sich das Wäldchen angeschaut und einen hübschen Platz zum Vergraben von Georges Leiche gefunden hatte.

Warm in Jacke und Schal gehüllt und die Mütze tief über die Ohren gezogen, machte sich Ella auf den Weg, sobald es hell genug war. Der Park lag friedlich und halb verschlafen vor ihr, außer zwei streitenden Elstern begegnete ihr kein Lebewesen. Warum machte sie solche frühen Spaziergänge eigentlich nicht öfter?

Mit den besten Vorsätzen steuerte sie auf das Wäldchen zu. Zwischen den kahlen Bäumen war es ein bisschen unheimlich. Nur die grün glänzenden Blätter und die roten Früchte der Stechpalme, hinter der sie sich vor Aidan und Drew versteckt hatte, brachten etwas Farbe in das braun-graue Einerlei.

Ella schlenderte den Hauptweg entlang und spähte nach links und rechts. Für Georges geheime Ruhestätte brauchte sie einen markanten Ort. Vielleicht da drüben, unter der Eiche? Der Baum war alt genug, um schon 1939 dort gestanden zu haben. Oder was war mit dem kleinen Hügel rechts von ihr? Ella blieb stehen, dann steuerte sie auf die Erhebung zu. Au! Sie war mit dem Fuß gegen etwas Hartes gestoßen, das unter dem verrottenden Laub lag. Instinktiv bückte sie sich danach und entdeckte einen zerbrochenen Backstein. Seltsam, wer warf Backsteine in den Wald? Dann fiel ihr etwas ein: Irgendjemand hatte doch davon gesprochen, dass es hier früher ein Eishaus gegeben hatte. Verbarg sich das unter dem Hügel?

Langsam ging Ella um die Erhebung herum. Auf den ersten Blick war nichts Besonderes zu erkennen, außer dass sie auf der einen Seite eindeutig steiler war. Konnte das der Eingang sein, verborgen hinter einem Busch und Brombeerranken?

Ella sah sich nach einem Gegenstand um, mit dem sie die Ranken zur Seite schieben konnte. Mit einem daumendicken Zweig stocherte sie schließlich im Brombeergestrüpp herum. Holz traf auf Holz. Da war etwas! Doch erst, als sie einen noch dickeren Stock zu Hilfe nahm, gelang es ihr, die Ranken so weit zu verschieben, dass sie ein Stück einer alten, morsch aussehenden Holztür erkennen konnte.

Einige Minuten und mehrere Flüche später – warum mussten Brombeeren so stechen? – war die Tür fast zur Hälfte freigelegt. Sie bog sich leicht nach innen und stand einen Spaltbreit offen. Ella drückte sie noch etwas weiter auf, atmete tief durch, schaltete ihre Handy-Taschenlampe ein und zwängte sich ins Innere.

Ein schmaler, gemauerter Korridor fiel schräg nach unten ab. Im Gegensatz zur Tür wirkte er recht gut erhalten. Ella folgte ihm bis zu einer Steinschwelle. Dort veränderte sich der Hall ihrer Schritte und sie blieb stehen. Im Licht der Taschenlampe erkannte sie vor sich eine viereckige Grube. Sie mochte drei Meter tief sein und war ebenso gemauert wie das niedrige Gewölbe darüber. Ella leuchtete hinunter. Der leicht abschüssige Boden der Grube lief auf ein Gitter in der Mitte zu – dort konnte das Schmelzwasser abfließen. Es war also tatsächlich ein altes Eishaus.

Natürlich hatte Ella von solchen Kühlkellern gelesen, aber selbst bisher keinen gesehen. Sie hatte sich die Grube, in der das Eis unter der Erde gelagert wurde, nicht so tief vorgestellt. Jetzt verstand sie besser, warum es sogar im Sommer noch Lebensmittel hatte kühlen und frisch halten können, obwohl man es bereits im Winter hier hereingepackt hatte.

Wie lange war dieses Eishaus wohl in Gebrauch gewesen? Wahrscheinlich bis es elektrische Kühlschränke gab, die man sich in die Küche stellte, sodass man sich den Weg in den Wald sparen konnte. Das war doch der ideale Ort für Georges Leiche! Wenn man mal annahm, dass das Eishaus 1939 nicht mehr genutzt worden war, weil die Bucktons sich bereits einen Kühlschrank hatten leisten können, hätte ihn hier niemand gefunden. Die Eingangstür schloss nicht richtig, und so war es möglich, dass später Tiere eingedrungen waren und sein Fleisch bis auf die Knochen abgenagt hatten.

Ella schauderte. Sie drehte sich um und machte sich auf den Weg zurück zu Luft und Tageslicht. Den Taschenlampenstrahl und die Augen hielt sie auf den Boden gerichtet, um nicht über irgendetwas Ekliges zu stolpern – vielleicht gab es hier Ratten. Das da drüben sah auf jeden Fall nach vertrocknetem Tierkot aus. Und was war das, in dem Spalt auf dem Boden direkt an der Mauer? Ein Knopf.

Ella musste lächeln. Schon als Kind hatte sie überall Knöpfe gefunden, während Sylvia mehr Glück mit Pfennigen gehabt hatte. Sie bückte sich, hob den Knopf auf und steckte ihn in ihre Jackentasche.

Es war nicht ganz einfach, sich aus dem Eishaus zu zwängen, denn einige Brombeerranken hatten den Weg zurück vor die Tür gefunden. Doch es gelang Ella, mit nur einem kleinen Kratzer auf der Wange hinauszukommen. Vorsichtig bog sie die Ranken wieder über den Eingang. Es musste nicht unbedingt jeder gleich sehen, dass jemand hier gewesen war. Zum Abschluss nahm sie noch einen

Armvoll Laub und warf ihn auf die Brombeeren. Gut, auf den ersten Blick konnte man nun nicht ahnen, dass der Hügel eigentlich ein menschliches Bauwerk war.

Ella steckte die Hände in die Jackentaschen und machte sich auf den Weg zurück zum Haus. Ihr Magen knurrte und sie sehnte sich nach einem heißen Tee. Ihre Finger stießen gegen den Knopf. Wer mochte den im Eishaus verloren haben? Sie zog ihn aus der Tasche und betrachtete ihn. Es war ein alter Ösenknopf aus trübem Messing. Ella drehte ihn um und schaute sich die gewölbte Seite an. Unter einer leicht erhabenen Krone befand sich eine Art Rad, das bei genauerem Hinsehen auch eine Kanone auf Rädern sein konnte. Das war ein Uniformknopf!

Ella blieb stocksteif stehen. Ihre Gedanken überschlugen sich, bis sie schließlich begriff, dass genau dieses Eishaus tatsächlich Georges letzte Ruhestätte gewesen war, bevor man ihn in dem Sack in den Weinkeller gebracht hatte. Was sollte sie jetzt tun?

Kapitel 32

Als Ella die Treppe hinaufstieg, hörte sie Grace in der Küche zum Radio singen. Gut, dann würde sie sich nicht so allein und fehl am Platz fühlen, wenn sie sich etwas zum Frühstück machte. Sie steckte den Knopf tief in ihre Hosentasche und trat ein.

»Guten Morgen!«, rief Grace ihr entgegen und verschloss eilig eine der bunten Keksdosen, die auf dem Küchenblock standen.

»Guten Morgen«, antwortete Ella. »Sie sind aber schon früh am Backen! Was ist denn heute dran? Das duftet ja alles köstlich.« Ihr Magen ließ ein lautes Gurgeln hören.

Grace lächelte und schaltete den Wasserkocher ein. »Sie sind heute auch ein früher Vogel. Waren Sie etwa schon spazieren?«

»Ja, ich war ein bisschen im Park. Ich mag es, wenn alles so ruhig und noch halb verschlafen ist.«

Grace nickte und holte einen geschlossenen Keramiktopf aus einem Wandschrank. »Ich mache jetzt Mince Pies«, sagte sie und hob den Deckel.

Ella trat näher, um zwei Scheiben Toast in den Toaster zu stecken und einen Blick in den Topf zu werfen. »Sie machen das Mincemeat selbst?«, fragte sie und deutete auf die aromatisch duftende Masse aus Rosinen, Korinthen, Äpfeln, Zitronat und kandierten Früchten.

»Ja, nach einem alten Familienrezept«, erklärte Grace. »Ich bereite es noch mit Rindernierenfett und gutem Brandy zu, so wie meine Großmutter.«

Während Ella ihren Toast aß und einen Tee dazu trank, unterhielten sich die beiden Frauen über Weihnachtsgebäck.

»Haben Sie schon einmal daran gedacht, ein Koch- oder Backbuch zu schreiben?«, fragte Ella schließlich.

»Ehrlich gesagt ja«, gab Grace zu. »Aber noch lieber möchte ich meine eigene Produktlinie auf den Markt bringen und meine Rezepte nicht verraten. Im Frühjahr soll The Baroness's Bakery an den Start gehen. Man wird die Sachen hier im Shop von Feniston Park bekommen, aber ich habe auch schon ein paar andere Vertriebswege aufgetan.«

»Und jetzt probieren Sie Rezepte durch?«

Grace nickte. »Ich will zu Weihnachten kleine Probepakete versenden, um Aufträge zu generieren«, erklärte sie.

Kein Wunder, dass sie sich fast ständig in der Küche aufhält, dachte Ella.

»Auf die Dauer kann ich natürlich nicht alles allein backen, deshalb habe ich schon einen Vertrag mit der Bäckerei im Dorf«, fuhr Grace fort. »Wahrscheinlich werde ich ab März zwei Leute einstellen können und hier nur noch Sonderwünsche produzieren oder neue Rezepte entwickeln.«

»Das klingt wunderbar!«

Grace strahlte. »Ja, das war immer mein Traum. Es hat nur etwas länger gedauert, weil Ed nach dem Tod seines Vaters hohe Erbschaftssteuern zahlen musste und es daher schwer war, in so etwas Extravagantes wie meine Bäckerei zu investieren. Aber nun mit den Touristen und Veranstaltungen und Eds Firma und so ...« Sie zwinkerte Ella zu. »Manchmal muss man Geduld haben.«

Ella zögerte. Sollte sie Grace von dem Uniformknopf erzählen? Aber was würde das ändern? Hatte sie nicht schon genug Aufregung in die Familie gebracht?

Doch der Knopf ließ Ella keine Ruhe. Sie hatte ihn auf den Papierstapel neben dem Laptop gelegt und ihr Blick fiel immer wieder darauf, während sie ihre Notizen eintippte. Vielleicht würde die Spurensicherung weitere Hinweise auf Georges Leiche im Eishaus finden können. Es war allerdings zweifelhaft, ob die Polizei nach so langer Zeit überhaupt noch an der detaillierten Aufklärung des Mordes interessiert war. Immerhin war das Ganze ein guter Grund, Alex anzurufen.

»Hi Ella!«, grüßte er sie. Seine Stimme klang erfreut.

»Stör ich?«

»Überhaupt nicht. Es gibt im Vorweihnachtstrubel zwar jede Menge Taschendiebstähle, aber bei den Tötungsdelikten halten sich die Leute gerade zurück.«

»Wie schön!«

»Finde ich auch. Da kann ich endlich mal meinen Papierkram aufarbeiten und ein paar Überstunden abbauen. Aber du rufst sicher nicht nur an, um mit mir zu plaudern.«

»Nicht wirklich. Ich habe da was gefunden.«

Das Schweigen am anderen Ende der Leitung sprach Bände.

Schnell erzählte Ella von dem Uniformknopf. »Was meinst du dazu?«, fragte sie schließlich.

»Ganz ehrlich? Ich finde deine Theorie zwar interessant, aber den Anruf bei den Kollegen kannst du dir sparen. Dieser Fall ist so was von kalt.«

Ella seufzte. »Das hab ich befürchtet. Aber du findest meine Theorie nicht völlig abwegig?«

»Du hast gute Instinkte, das hast du ja auch schon zweimal bewiesen.«

»Oh, welch seltenes Kompliment!«

»Dennoch – der Fall ist kalt und den Mörder werden wir nicht mehr zur Rechenschaft ziehen können. Da kannst du dir ruhig etwas ausdenken für deinen Roman.«

»Vielen Dank, sehr großzügig!«

Alex lachte. »Wann bist du denn fertig mit deinen Recherchen? Bleibt es bei Freitag?«, fragte er dann.

»Spätestens. Vielleicht fahr ich auch schon morgen Abend, wenn ich eine gute Verbindung kriege.«

Alex räusperte sich. »Du kannst mich anrufen. Ich habe ja noch ein paar Überstunden zum Abbummeln, und vielleicht bin ich zufällig in der Nähe des Bahnhofs.«

»Ach ja?« Ella konnte sich ein Lächeln nicht verkneifen. »Das klingt in der Tat äußerst verlockend.«

Einen Moment lang schwiegen sie beide.

»Nachricht aus Folkestone hast du nicht?«, fragte Ella schließlich.

»Nicht wirklich. Der forensische Anthropologe ist gerade auf einer Fortbildung in Amerika. Aber man geht ziemlich sicher davon aus, dass es sich um den verschwundenen Lord Buckton handelt und das Loch in seinem Schädel keine natürliche Ursache hat.«

»Danke, so weit war ich auch schon.«

»Wie gesagt, du hast gute Instinkte.« Alex lachte wieder. »Ich freu mich, dich bald zu sehen.«

»Ich mich auch«, antwortete Ella leise. »Ich ruf dich morgen an und sag dir Bescheid, ja?«

»Ja. Bye!«

»Bye!«

»Leg auf!«

»Leg du auf!«

Und das tat er. Doch das warme Gefühl blieb.

Kapitel 33

Auch bei Tageslicht ließen sich Amelias Gedichte nicht entspannt lesen. Der graue König wirkte übermächtig und die Qual, die er verursachte, wurde durch brutale Schläge symbolisiert, die Wunden und Male zurückließen. Auch die Liebesgedichte sprachen von Trauer und Verzweiflung. Hatte Amelia Felix doch wiedergesehen? Oder waren die eindrücklichen Verse nichts als das Echo einer Erinnerung?

Kann nicht gehen
Dich nicht verlassen
Meine Liebe, mein Leben
Wer bin ich ohne dich?
Wer bist du ohne mich?

Die Tinte des letzten Wortes war leicht verlaufen, als wäre ein Tropfen darauf gefallen und nicht schnell genug abgelöscht worden. Eine Träne? Ella atmete tief durch und blätterte weiter. Über die nächste Doppelseite standen schräg vier Zeilen geschrieben:

Fort ist der König, der graue Tyrann,
Fort ist der König, fort fort fort!
In Eiseskälte sein Schatten versinkt.
Fort fort fort!

Wie schade, dass Amelia kein Datum vermerkt hatte. Es wäre interessant gewesen zu erfahren, welches Ereignis eine solche Besserung ihres Zustands ausgelöst hatte. War es am Ende die Erleichterung über Georges Fortgehen gewesen, die den grauen König der Depression vertrieben hatte? Schließlich hatte George Amelia immer sehr abfällig behandelt. Vielleicht hatte auch er ihr den Kontakt zu Felix verboten? Und dann war er verschwunden. Fort fort fort!

Ella runzelte die Stirn. Irgendetwas störte sie an diesem Vierzeiler. Doch sie konnte später darüber nachdenken, jetzt war sie fast am Ende des Büchleins angelangt und wollte es endlich fertig lesen.

Einige Naturgedichte folgten, und schließlich das letzte:

Geh nicht gern
Doch kann nicht bleiben
Nur Wasser löst den grauen Schleier
Den er mir hinterlassen
Voll der Schuld
Leb wohl, mein Leben
Drei Strahlen des Sonnenscheins
Erhellen dir den Tag
Mit ihrem Kinderlachen

Verflixt, da war er wieder, der graue Schleier. Wasser, das ihn löst? Amelia war zum Teich gegangen, um zu sterben. Um eine Schuld zu tilgen? Was um alles in der Welt hatte sie getan? Das hier war auf jeden Fall der Abschiedsbrief, den nach ihrem Tod niemand gefunden hatte.

Sorgfältig schloss Ella das Buch und stand auf. Sie würde es Heather geben, der Letzten, die Amelia noch gekannt hatte. Und vielleicht konnte die alte Dame sogar ein wenig Licht ins Dunkel bringen, was die seltsame Sache mit der Schuld betraf.

Es klingelte an der Haustür, als Ella aus ihrem Zimmer trat.

»Moment, ich komm schnell runter«, hörte sie Grace an der Sprechanlage sagen, dann Schritte auf der Treppe.

Aus der Küche kam ein aromatischer Duft von warmer Butter und – irgendwelchen Kräutern? Ella schnupperte, konnte den Geruch aber nicht identifizieren. Also machte sie auf dem Weg nach unten einen kurzen Abstecher in die Küche. In einem Topf köchelten länglich-spitze Blätter in Butter, die sich langsam grünlich färbte. Das musste Grace' Spezialauftrag sein.

Oh! Ella riss die Augen auf. Das waren eindeutig Hanfblätter. Und irgendwie glaubte sie nicht so recht, dass es sich dabei um die in der EU legalen Pflanzen mit minimalem THC-Gehalt handelte. Auf einmal ergaben die Heimlichkeiten von Aidan und Grace einen Sinn. Was war leichter, als im unteren Stockwerk des Gewächshauses eine Cannabisplantage anzulegen? Dann wurde der Pflanzenauszug in Grace' Keksen verarbeitet und das Gebäck vertrieben. Kein Wunder, dass die Bucktons in den letzten Jahren einen solchen finanziellen Aufschwung erlebt hatten und Grace nun den Ausbau ihrer Backgeschäfte plante! Und dass sie in Panik geraten war, als Ella nach ihrem Knochenfund das Eintreffen der Polizei angekündigt hatte.

Das Zuschlagen der Haustür riss Ella aus ihren Gedanken. Jeden Moment konnte Grace zurück sein! Ella stürzte aus dem Raum und erreichte den Treppenabsatz gerade, als Grace mit einem Paket in den Händen halb heraufstiegen war. Hatte sie gesehen, dass Ella aus der Küche und nicht von oben gekommen war?

»Gehen Sie wieder ein bisschen spazieren?«, fragte Grace und sah Ella forschend an.

»Nein, ich wollte Heather noch einmal besuchen«, antwortete sie.

»Ah gut.« Grace nickte und ging an Ella vorbei. »Bis später dann.«

Kapitel 34

»Wie nett, dass Sie mich besuchen«, begrüßte Heather Ella und führte sie ins Wohnzimmer.

Ella konnte sich eines Déjà-vu-Gefühls nicht erwehren. Der künstliche Kamin flackerte, das Häkelzeug lag auf dem Sofa.

»Eine Tasse Tee?«, bot Heather an.

»Gerne. Kann ich Ihnen helfen?«

»Sie könnten ein paar Kekse auf einen Teller legen«, schlug die alte Dame vor.

Ella folgte ihr in die kleine Küche. Während sie Shortbread auf einem Glasteller dekorierte, goss Heather Tee auf und stellte Geschirr auf ein Tablett.

»Was kann ich dieses Mal für Sie tun?«, fragte sie. »Was interessiert Sie?«

»Ich möchte mit Ihnen gerne noch einmal über Amelia sprechen. Aber lassen Sie uns doch zuerst sitzen«, sagte Ella, nahm das Tablett und trug es ins Wohnzimmer. Dort setzte sie sich Heather gegenüber in einen Sessel und wartete, bis die alte Dame den Tee eingegossen hatte. Nach einem ersten höflichen Schluck stellte sie ihre Tasse wieder ab und griff in die Tasche ihres Woll-Cardigans.

»Ich habe etwas, das Sie interessieren wird, denke ich.« Sie zog das Büchlein hervor. »Mr Humphries hat unter alten Sachspenden von Feniston Park etwas gefunden, das Ihrer Tante gehörte.«

»Ach, wie nett!« Heather setzte sich aufrechter hin.

»Das hier ist nicht einfach irgendein Buch«, erklärte Ella. »Es sind Gedichte.«

Heather nickte kurz. »Ja, Auntie Amelia liebte Gedichte. Sie hat uns oft welche vorgelesen. Manche kann ich bis heute auswendig: I wandered lonely as a cloud that floats on high o'er vales and hills ...« Sie lächelte und streckte die Hand aus.

Ella zögerte, dann reichte sie ihr das Buch. »Es sind Gedichte, die Amelia geschrieben hat.«

Heather nahm es vorsichtig entgegen. »Ihre eigenen Gedichte?«, fragte sie. »Ich wusste nicht, dass sie selbst auch geschrieben hat.« Sanft strich sie über den weinroten Ledereinband. »Haben Sie sie gelesen?«

»Ja.«

Heather drehte das Buch in ihren knochigen Händen und streichelte erneut den Einband. Ihr Zeigefinger fuhr über das Monogramm in der rechten unteren Ecke. Schließlich sah sie Ella an.

»Danke«, sagte sie leise. »Das bedeutet mir viel.«

»Ich hoffe, es ist nicht zu bedrückend für Sie, die Gedichte zu lesen. Sie sind sehr persönlich und einige haben mich wirklich traurig gemacht«, erklärte Ella. »Ihre Tante litt wohl über lange Phasen an Depressionen. Das Motiv des grauen Königs zieht sich durch den größten Teil der Gedichte.«

Heather zuckte zusammen und ihre Finger verkrampften sich um Amelias Buch. »Der graue König?«, flüsterte sie.

Ella nickte.

»Der graue König ...« Heather starrte blicklos in die Ferne.

»Sagt Ihnen das etwas?«, fragte Ella sanft. »Hat Ihre Tante den Begriff früher schon benutzt?« Dann wartete sie.

Nur langsam schien Heather in die Gegenwart zurückzukehren. Ihre Augen wirkten auf einmal trüb und die Falten in ihrem Gesicht tiefer als bisher.

»Ich kannte den grauen König«, sagte sie leise. »Der graue König war mein Vater.«

Vorsichtig legte Ella die halb fertige Häkeldecke um Heathers Schultern und setzte sich neben sie. Die alte Dame hatte zu zittern begonnen und einen Moment lang hatte Ella befürchtet, sie würde ohnmächtig werden. Ihr Angebot, Ed oder Grace zu holen, hatte Heather jedoch strikt abgelehnt.

Ella goss ihr den Rest Tee aus der Kanne ein, fügte einen Löffel Zucker und einen Schuss Milch hinzu, wie sie es vorhin bei ihr gesehen hatte, und reichte ihr die Tasse. Dankbar trank Heather ein paar Schlucke. Dann stellte sie die Tasse wieder ab und griff nach dem Buch auf ihrem Schoß.

»Ich hatte es vergessen«, sagte sie. »Oh mein Gott, ich hatte so vieles vergessen!«

Ella legte ihre Hand auf Heathers Unterarm. Schweigend saß sie neben ihr und wartete darauf, dass Heather weitersprach – und dass ihr eigener Herzschlag sich beruhigte. Der graue König war George? Sie hatte die Gedichte völlig falsch gelesen!

»Vater war nicht oft auf Feniston Park«, begann Heather schließlich leise. »Die meiste Zeit verbrachte er in London. Aber wenn er kam, mussten alle springen. Das Personal – wir hatten damals neben den Gärtnern noch eine Köchin, zwei Hausmädchen und eine Nanny im Haus – lebte in Furcht vor diesen Besuchen. Falls Vater nämlich mit jemandem unzufrieden war, musste der auf der Stelle gehen. Als ich klein war, war ich furchtbar stolz auf ihn, weil er so mächtig war. In meiner Vorstellung war er ein König. Als ich das einmal Auntie Amelia erzählte, lachte sie zuerst, wurde dann aber ganz still. ›Ja, er ist der graue König‹, sagte sie nach einer Weile. Ich fand das passend, weil er fast immer graue Anzüge trug.« Mit zitternden Händen nahm sie die Teetasse und trank einen Schluck. »Später wurde mir klar, dass Auntie Amelia nicht seinen Anzug gemeint hatte.«

Ella sah sie fragend an.

»Ich glaube, man konnte meinen Vater mit Recht als Despoten bezeichnen. Es musste immer alles nach seinem Kopf gehen. Und das war schwierig, weil er ja so oft wochenlang nicht da war und wir in seiner Abwesenheit einen ganz eigenen Lebensrhythmus auf Feniston Park hatten.« Heather sah erneut blicklos in die Ferne. »Ich erinnere mich …« Sie stockte.

»Ja?«, fragte Ella.

»Ich glaube, er hat nicht nur Rupert und mich geschlagen, wenn wir uns nicht so verhalten haben, wie er das erwartete, sondern vor allem auch unsere Mutter.« Heather sah Ella direkt an. Tränen standen in ihren Augen. »Nein, ich glaube das nicht nur, ich weiß es. Ich wusste es damals schon. Nur wollte ich es nie wahrhaben, und später habe ich es einfach vergessen. Oh Gott, meine arme Mutter!«

Ella nahm Heathers Hand und drückte sie sanft. Die alte Dame erwiderte den Druck und bemühte sich zu lächeln.

»Auntie Amelia – sie hat sich, wenn er da war, in ihrem Zimmer eingeschlossen, weil sie dann krank war. Wir hatten jedoch ein geheimes Signal. Wenn Rupert und ich in einem bestimmten Rhythmus an ihre Tür klopften, ließ sie uns heimlich herein. Wir wussten, dass sie und Vater sich nicht mochten.«

»Hat er Amelia auch ...?«

Heather schüttelte den Kopf. »Ich glaube nicht. Aber die Atmosphäre war – schwierig. Wenn Vater da war, waren immer alle irgendwie – angespannt.« Es schien ihr schwerzufallen, die richtigen Worte zu finden.

»Das Kind des Glücks versinkt im Grau des Königs, so wie die Königin ummantelt wird von seiner Macht«, flüsterte Ella. »So hat Ihre Tante es beschrieben.«

Heather nickte langsam. »Die Königin – meine Mutter. Sie war so anders, während er da war. Ummantelt von seiner Macht, das ist ein recht zutreffendes Bild. Wenn ich jetzt zurückschaue, kommt es mir vor, als hätte sich bei jedem seiner Besuche ein Schatten über uns alle gelegt.«

Ella verstand. Die Schläge, die sie ursprünglich als seelische Verwundungen interpretiert hatte, waren also tatsächliche, körperliche Schläge gewesen. George hatte die Königin – Rose – misshandelt.

»Es tut mir leid«, sagte sie. »Ich wollte keine schlimmen Erinnerungen wecken.«

Heather wiegte den Kopf. »Vielleicht ist es gut so. Es ist wohl an der Zeit, dass nicht nur seine Gebeine ans Licht kommen, sondern auch, was für ein Mensch er war, weil ...« Sie brach den Satz ab und runzelte die Stirn. Dann entzog sie Ella ihre Hand und öffnete Amelias Gedichtband willkürlich in der Mitte.

»Möchten Sie, dass ich bleibe, oder wollen Sie lieber allein sein?«, fragte Ella leise.

Heather antwortete nicht. Ihr Blick glitt über die Seiten, ihre Hände blätterten weiter. Sie schien versunken in der Vergangenheit, in der Erinnerung. Ella erhob sich. Sie würde frischen Tee kochen, so hatte Heather etwas Privatsphäre und doch war jemand in ihrer Nähe. Der Fund von Georges Knochen hatte die alte Dame schon ziemlich belastet – es war nicht auszuschließen, dass die Beschäftigung mit vergessenen Erinnerungen noch einen Herzinfarkt oder Ähnliches bei ihr hervorrufen würde.

»Fort ist der König, der graue Tyrann, fort ist der König, fort fort fort!«, hatte Amelia irgendwann erleichtert geschrieben. Ja, denn George hatte Feniston Park verlassen und war nicht wiedergekommen. Wie war das Gedicht weitergegangen? War da nicht irgendwas mit einem versinkenden Schatten gewesen?

Während Ella die Kanne heiß ausspülte und frischen Tee aufbrühte, versuchte sie sich zu erinnern. Der Schatten war nicht im Wasser versunken, über Wasser hatte Amelia erst ganz am Ende geschrieben. Ob sie die Stelle später noch einmal nachlesen konnte?

Sie spähte ins Wohnzimmer, wo Heather immer noch fast bewegungslos auf dem Sofa saß und in das Buch starrte. Ihr Gesicht war blass, die Mundwinkel hingen nach unten, aber sie sah immerhin nicht so aus, als ob sie medizinische Hilfe brauchte. Also ging Ella zurück in die Küche und griff nach der Kekspackung. Während sie einen der Shortbread-Fingers aß, betrachtete sie die kleinen, gerahmten Fotos an der Wand neben dem Kühlschrank. Die meisten Gesichter waren ihr unbekannt, wahrscheinlich waren das Stanleys Nachfahren. Die beiden Frauen in den Fünfzigern auf einem Urlaubsfoto mit dem Zuckerhut im Hintergrund waren wohl Heathers Töchter, sie sahen ihr ähnlich. Von Rose, George oder Amelia gab es leider keine Fotos hier.

In Gedanken versunken nahm Ella sich ein zweites Shortbread und sah aus dem Fenster. Die Zweige der Bäume wippten im Wind, dunkle Wolken zogen über den Himmel. Wahrscheinlich würde es bald wieder anfangen zu regnen. Ella fröstelte; die Küche war nicht geheizt.

Moment – Kälte, Eiseskälte, ja, damit hatte es etwas zu tun gehabt. Endlich fiel es ihr wieder ein: »In Eiseskälte sein Schatten versinkt. Fort fort fort!«

Eiseskälte. Ellas Augen wanderten zum Kühlschrank. Bevor es Kühlschränke gab, hatte man Eishäuser genutzt, auch auf Feniston Park. Hier lag das alte Eishaus verborgen im Wäldchen. Dort hatte sie den Uniformknopf gefunden. Hatten Amelia und Felix Georges Leiche da versteckt? Nein, das konnte nicht sein. Dass Felix George in Notwehr erschossen hatte, war nur eine Idee für ihr Manuskript gewesen. Felix hatte sich zu diesem Zeitpunkt gar nicht auf Feniston Park aufgehalten. Er konnte George also nicht erschossen und ins Eishaus gebracht haben. Aber wer …?

Ein kurzer Schrei aus dem Wohnzimmer ließ Ella zusammenzucken. Sie eilte hinüber. Heather blickte ihr entgegen, Tränen liefen ihr die Wangen herunter und ihr Mund war schmerzverzogen.

»Ich erinnere mich«, schluchzte sie. »Oh mein Gott, ich erinnere mich!«

Kapitel 35

Heather weinte wie ein Kind, haltlos und herzzerreißend. Ella legte den rechten Arm um ihre zarten, knochigen Schultern und Heather sank an ihrer Seite zusammen. Mit der linken Hand suchte Ella in der Tasche ihres Cardigans nach einem Taschentuch. Das Päckchen, das sie fand, war fast leer, nur ein einziges Papiertaschentuch war übrig, und das war am Rand schon ziemlich zerfleddert. Aber besser als nichts.

»Hier«, sagte Ella und drückte es Heather in die Hand. Dann fasste sie behutsam nach Amelias Buch, um es auf den Tisch zu legen.

Doch Heather griff danach und presste es an ihre Brust. Sie schluchzte laut.

»Wie kann ich Ihnen helfen?«, fragte Ella. »Soll ich jemanden rufen?«

Heather schüttelte den Kopf und schluchzte erneut. Also saß Ella still neben ihr, den Arm weiter um sie gelegt. Manchmal war es wichtig, dass ein Mensch einfach nur da war.

Erst nach einer ganzen Weile wurde Heather ruhiger und ihre Tränen hörten auf zu fließen. Ihre Stimme war rau, als sie endlich zu sprechen begann: »Vater sagte uns gute Nacht, Rupert und mir, und schickte uns in unsere Zimmer.« Sie schluckte und knetete das inzwischen völlig durchweichte Papiertaschentuch in ihrer Hand. Dann tupfte sie sich die Augen und fuhr fort: »Aber Rupert wollte nicht ins Bett gehen. Er wollte sich den Armeerevolver genauer anschauen, den Vater trug. Das heißt, an diesem Abend trug er ihn eben nicht, er hatte ihn auf die Anrichte im Esszimmer gelegt, nachdem er ihn uns beim Abendessen kurz gezeigt hatte. Also verabredeten wir Kinder uns und schlichen wieder nach unten, sobald alles still war. Der Revolver lag tatsächlich noch auf der Anrichte. Rupert nahm ihn in die Hand und richtete ihn auf das Fenster. ›Wenn jetzt ein dreckiger Deutscher kommt, erschieß ich ihn‹, sagte er.« Heather stockte und sah Ella an. »Es war Krieg«, erklärte sie entschuldigend.

»Ich weiß.« Ella nickte.

»Und dann hörten wir Mutter oben schreien.« Heather schluckte erneut. »Ich erinnere mich, wie Rupert anfing zu zittern. Er flüsterte: ›Die Deutschen versuchen, Feniston Park zu erobern. Aber wir werden uns verteidigen!‹ Dann lief er aus dem Esszimmer. Ich folgte ihm und wir schlichen die Treppe hinauf. Wieder kam ein Schrei aus dem Schlafzimmer unserer Eltern und es rumpelte, als würden Möbel umgestoßen. Ich kauerte mich auf die oberste Treppenstufe und hielt mir die Ohren zu. Rupert zog mir eine Hand weg und flüsterte: ›Hab keine Angst!‹, aber natürlich hatte ich doch welche.«

Ella spürte, wie sich Heathers Schultern unter ihrem

Arm versteiften, als wäre sie wieder das siebenjährige Mädchen auf der Treppe.

»Ich beobachtete, wie er langsam auf die Schlafzimmertür zuging. Wir hörten Stimmen, Mutters flehende und die zornige eines Mannes. Und plötzlich zerbrach drinnen Geschirr und Rupert stieß die Tür auf. Dann schoss er.«

Ella zuckte zusammen.

Heather schwieg eine Weile. Schließlich atmete sie einmal tief ein und wieder aus und sprach weiter: »Auntie Amelia kam den Flur entlanggerannt. Ich stand auf und wollte mich in ihre Arme werfen, aber sie kümmerte sich nicht um mich oder Rupert. Sie rief nach meiner Mutter und eilte ins Schlafzimmer. Ich folgte ihr bis zur Tür und sah hinein. Mutter kauerte auf dem Boden vor dem Bett und raffte ihr zerrissenes Hemd vor der Brust zusammen. Ihre Wange blutete. Ein Mann in einer Uniformjacke lag bäuchlings neben ihr. Ich konnte ein Loch in seinem Rücken sehen, aus dem Blut auf den Stoff quoll. Eine Hose trug er nicht. Seine weißen, haarigen Beine zuckten. Ich ekelte mich vor ihnen. Amelia nahm die Decke vom Bett und wickelte sie um Mutter. Dann ging sie zu Rupert und nahm ihm den Revolver aus der Hand. ›Der Deutsche! Der Deutsche!‹, sagte Rupert immer wieder. ›Es ist alles gut, mein Kind‹, beruhigte Auntie Amelia ihn. ›Geh in dein Zimmer, ich komme gleich zu dir.‹ Rupert gehorchte wortlos, doch ich zögerte. Aber bevor sie auch mich ins Bett schicken konnte, schrie meine Mutter auf und wir sahen zu ihr. Der Mann auf dem Boden bewegte sich. Er versuchte sich aufzurichten. Erst in diesem Moment erkannte ich ihn.«

»Er war kein deutscher Feind, nicht wahr?«, sagte Ella leise.

Heather schüttelte den Kopf. »Es war Vater. Rupert hatte Vater in den Rücken geschossen!«

»Aber er lebte?«, fragte Ella.

Heather nickte. »Und er brüllte vor Wut. Er beschimpfte Mutter und drohte, sie totzuschlagen. Dann zog er sich auf die Knie und hob die Hand. Doch Auntie Amelia drängte sich zwischen die beiden. Sie hatte immer noch den Revolver in der Hand und richtete ihn nun auf seine Stirn. ›Du wirst nie wieder jemanden schlagen!‹, sagte sie. ›Den Teufel werde ich tun‹, schrie Vater. Da hat sie geschossen.« Heather starrte in die Ferne, als könne sie die Ereignisse jenes Abends vor sich sehen. »Auntie Amelia wechselte einen Blick mit Mutter, dann brachte sie mich ins Bett. ›Du hast schlecht geträumt‹, sagte sie, als sie mich zudeckte und mich streichelte. ›Es ist alles in Ordnung. Deiner Mummy geht es gut und dein Vater ist auf dem Weg in den Krieg.‹ In diesem Moment glaubte ich ihr. Auntie Amelia log nie.«

»Und Rupert? Hat sie ihm das Gleiche erzählt?«

»Ich weiß es nicht, aber ich nehme es an. Er hat nie über diese Nacht gesprochen – und ich auch nicht. Ich habe sie einfach vergessen. Verdrängt, sagt man da wohl. Rupert hat auf jeden Fall nicht mehr gesehen, wie Auntie Amelia …« Heather sah Ella an. »Meinen Sie, er dachte, er hätte Vater getötet?«

Ella hob die Schultern. »Möglicherweise. Aber vielleicht hat er ihn auch nicht erkannt und weiter an einen deutschen Eindringling geglaubt – oder an einen Albtraum.«

Langsam schüttelte Heather den Kopf. »Nein, ich denke, er wusste sehr wohl Bescheid. Er war ja etwas älter als ich und wahrscheinlich nicht so leicht zu belügen. Außerdem verhielt er sich anders im folgenden Winter, spielte sich als Herr von Feniston Park auf, als wüsste er, dass Vater nie wiederkommen würde.«

Ella schwieg. Was konnte sie dazu auch sagen? Ihre Gedanken kreisten um die Szene im Schlafzimmer und um den Schädel mit dem Loch in der Stirn, den sie im Keller entdeckt hatte. Amelia hatte George also erschossen. Sie hatte Rose beschützt. Und so, wie Heather es erzählt hatte, schien es, dass Amelia nicht nur Bescheid gewusst hatte über seine brutalen Übergriffe, sondern ihrer Schwester auch früher schon beigestanden hatte. War das der Grund, warum sie nie von Feniston Park fortgegangen war? War gar nicht Felix die Liebe ihres Lebens gewesen, sondern Rose? Die Bindung zwischen Zwillingen war ja oft sehr eng. Was hatte sie geschrieben? *»Kann dich nicht verlassen, meine Liebe, mein Leben ...«*

Und noch etwas wurde Ella bewusst: Stanley musste in jener Nacht im September gezeugt worden sein, er war im darauffolgenden Juni geboren worden. Und dabei wäre Rose fast gestorben. So wäre es George indirekt beinahe doch gelungen, seine Frau zu töten.

Nein – Ella schob den Gedanken beiseite. Es war alles gut gegangen, Mutter und Kind hatten überlebt. Aber waren Schwangerschaft und Geburt möglicherweise durch die Erinnerung an die Empfängnis so voller Komplikationen gewesen? Ja, das war sogar ziemlich wahrscheinlich.

Heather wurde langsam ruhiger. Sie seufzte, schlug

noch einmal Amelias Büchlein auf und blätterte zur letzten beschriebenen Seite. Dann sah sie zu Ella und hielt ihr das Buch hin. Gemeinsam lasen sie Amelias letzte Worte:

Geh nicht gern
Doch kann nicht bleiben
Nur Wasser löst den grauen Schleier
Den er mir hinterlassen
Voll der Schuld
Leb wohl, mein Leben
Drei Strahlen des Sonnenscheins
Erhellen dir den Tag
Mit ihrem Kinderlachen

Kapitel 36

Als Ella in ihr Zimmer zurückkehrte, stellten sich ihr unwillkürlich die Nackenhaare auf. Jemand war in ihrer Abwesenheit hier gewesen!

Na klar, versuchte sie sich zu beruhigen, Jessie hat das Bett gemacht und den Papierkorb geleert.

Der Stapel Unterlagen auf dem Schreibtisch schien dagegen unberührt und der Laptop daneben stand so gerade, wie sie ihn hingestellt hatte. Oder doch nicht? Sie schaltete ihn ein und beobachtete die Icons, die beim Hochfahren erschienen. Dann klickte sie das grüne A an und öffnete Papyrus Autor. Wenn erneut jemand an ihrem Computer gewesen war, würde sie es sehen können.

»Felix und Amelia« – ja, das war die richtige Datei. In der hatte sie zuletzt ihre Überlegungen notiert, wie Amelia und Felix Georges Leiche im Eishaus versteckten. Aber sicherheitshalber warf sie noch einen kurzen Blick auf den Verlauf.

»Geheimnisse des Lords« – diese Datei hatte sie seit Ewigkeiten nicht mehr geöffnet! Das waren Ideen für den geheimnisvollen Hintergrund des männlichen Protagonisten Lord Carlisle in ihrem Roman »Canterbury Rose«

gewesen. Hatte jemand hier gedacht, der Lord sei Lord Buckton? Nun, er war wohl eines Besseren belehrt worden, falls er überhaupt deutsch lesen konnte. Schon bei der Figurenbeschreibung stand ein anderer Name. Und dann das mürrische Aussehen des Lords, das damals durch ihre erste Begegnung mit Alex inspiriert worden war. Er hatte nun wirklich keine Ähnlichkeit mit dem kleinen, freundlichen Baron.

Oder war Ed vielleicht gar nicht so freundlich, wie er tat? Hatte er hier in ihren Notizen spioniert, um zu erfahren, wie sie vorhatte, die realen Ereignisse auf Feniston Hall zu verarbeiten? Hatte er ihren Worten nicht getraut, dass sie die Handlung des Romans mit ihm absprechen würde?

Ella runzelte die Stirn. Es war ja sowieso alles ganz anders gewesen. Ob Heather ihrem Neffen von ihren wiedergefundenen Erinnerungen berichten würde?

»Es wird Zeit, dass die Vergangenheit Ruhe findet«, hatte sie gesagt, als Ella sich schließlich von ihr verabschiedet hatte. »Ich habe Rupert unrecht getan. Er muss sein Leben lang geglaubt haben, er habe Vater getötet. Wir haben ein Geheimnis geteilt, jedoch nie darüber gesprochen. Wahrscheinlich war es das, was uns entfremdet hat.«

Damit mochte sie recht haben. Und vielleicht war dies auch der Grund, warum ihr Verhältnis zu Ed, Ruperts Sohn, eher gespannt war.

Ella starrte auf den Bildschirm: Lord Carlisle – im Grunde war er Alex, der Mann, der ihr nicht mehr aus dem Kopf ging. Wie spät war es? Wenn sie jetzt schnell ihre Sachen packte, könnte sie dann um sechs noch den letzten Bus vom Dorf nach Rye erreichen? Die Verlockung, dort einfach in den Zug nach Canterbury zu steigen, war groß. Aber die Zeit war zu knapp, wenn sie sich anständig verabschieden wollte. Und es wäre natürlich unhöflich, so plötzlich abzureisen, wo Grace sie doch zum Dinner eingeplant hatte. Also würde sie morgen fahren. Dann konnte sie sich heute Abend entsprechend bedanken und Goodbye sagen.

Kurz entschlossen sandte sie Alex eine SMS: »Komme morgen Vormittag zurück. Brauchst mich nicht abzuholen, aber vielleicht hast du am Nachmittag frei?«

Nur Sekunden später kam die Antwort: »Ich warte.«

Ellas Herz machte einen kleinen Hüpfer. Lächelnd steckte sie das Handy in die Gesäßtasche ihrer Jeans und ging hinüber zum Schrank, um mit dem Packen zu beginnen.

Es klopfte an der Tür.

»Ella? Haben Sie kurz Zeit?«, rief Grace von draußen.

»Kommen Sie rein!«, antwortete Ella.

Grace trat ein und schloss leise die Tür hinter sich. »Ich möchte Sie nicht beim Arbeiten stören. Oh, wollen Sie abreisen?«

»Ja, ich bin eigentlich fertig mit meiner Recherche. Aber ich bleibe noch bis morgen. Ich fange nur schon mal ein bisschen an zu packen. Ich habe immer Angst, etwas zu vergessen.«

Grace blickte zum Schreibtisch. »Hm, Sie haben ja wohl auch eine Menge Unterlagen über Feniston Park. Brauchen Sie eine zusätzliche Tasche?«

»Das ist wahr. Aber nein, danke, das da drüben sind überwiegend Dokumente und Bücher, die Ihr Mann mir überlassen hat. Die nehme ich nicht alle mit, nur ein paar Kopien.«

Grace nickte. »Morgen verlassen Sie uns also. Wissen Sie schon, wann genau?«

»Wahrscheinlich ziemlich früh. Ich habe in Canterbury noch was zu tun.« Ella lächelte bei dem Gedanken an ihre Verabredung mit Alex.

»Natürlich, Sie stehen ja gerne früh auf. Wir könnten noch zusammen frühstücken«, schlug Grace vor.

»Das wäre schön«, erwiderte Ella.

Grace zögerte. »Sind Sie denn zufrieden mit dem, was Sie erfahren haben?«, fragte sie schließlich.

Ella sah sie überrascht an.

»Ich meine, haben Sie nun alles, was Sie für Ihr Buch brauchen?«

»Ich denke schon«, antwortete Ella. »Falls mir während des Schreibens noch etwas einfällt, melde ich mich. Das heißt, ich melde mich sowieso, wenn die Rohfassung fertig ist, damit Sie sehen können, inwieweit ich Ihre tatsächliche Familiengeschichte verwendet habe. Nach so langer Zeit bleiben doch viele Fragen offen. Diese Lücken werde ich mit meiner Fantasie füllen. Aber das habe ich Ihrem Mann ja schon erklärt.«

Grace nickte. »Ich hoffe, Sie haben Ihre Zeit hier im Haus ein bisschen genossen – und die Spaziergänge im Park auch. Meine Lieblingsstelle ist übrigens hinten beim Teehaus.« Sie schien noch etwas hinzufügen zu wollen, schwieg dann aber und biss sich kurz auf die Unterlippe.

»Ja, vielen Dank, es war wirklich schön hier und sehr hilfreich.«

Ob Grace gemerkt hatte, dass Ella ihr Spezialgebäck in der Küche entdeckt hatte? Wollte sie jetzt nachhaken, ob Ella bei den Gewächshäusern in der Nähe des Teehauses etwas aufgefallen war?

»Ich war fast immer am Teich«, erklärte Ella. »Am Teehaus bin ich nur ein einziges Mal gewesen, ganz am Anfang.« Sie lächelte unschuldig. Allzu dramatisch fand sie Grace' kleinen Nebenerwerb nicht. Sie würde einfach darüber hinwegsehen.

»Ah«, sagte Grace.

Ella schloss den Schrank und stellte ihre Reisetasche davor. Nun fehlten nur die Sachen aus dem Bad.

Grace stand immer noch an der Tür. »Ich frage mich …«, begann sie.

»Ja?«

»Würden Sie mit mir wohl noch einmal in den alten Weinkeller gehen?«

Ella unterdrückte ein Grinsen. Die Lady war also neugierig.

Grace zuckte mit den Achseln. »Ich möchte nicht allein …«

Ella nickte. »Natürlich, gerne. Wann wollen Sie gehen?«

»Jetzt gleich?«, schlug Grace vor.

Ella warf einen Blick aus dem Fenster. Es hatte zu regnen begonnen, fast sah es sogar nach Schneeregen aus.

»Wir können den Weg durch die Bibliothek nehmen«, sagte Grace.

Ella nickte, schlüpfte in die Ballerinas, die sie außerhalb

des Zimmers als Hausschuhe benutzte, und griff nach ihrem Cardigan. »Es war ziemlich kühl da unten«, erklärte sie.

Grace erwiderte nichts, sondern lächelte nur. Sie öffnete die Zimmertür und ging voraus. Ella folgte ihr. Gemeinsam liefen sie die Treppen hinunter und durch die Bibliothek in den Haupttrakt.

»Vielleicht werden wir im nächsten Jahr auch eine Weihnachtsfeier hier anbieten«, plauderte Grace auf dem Weg. »Ich glaube, damit wäre eine Menge zu verdienen.«

»Aber es würde auch einige Unruhe zu den Feiertagen mit sich bringen«, gab Ella zu bedenken.

»Nun, man muss eben immer abwägen, was man tut«, sagte Grace.

Über die geschwungene Haupttreppe gelangten sie in die Halle. Grace steuerte auf die Wandnische zu, in der sich der Zugang zur Küche und zu den Dienstbotenräumen befand. Sie öffnete die Tür, schaltete das Licht ein und stieg die Treppe hinunter. Ella folgte ihr. Zielgerichtet gingen sie an der Küche vorbei zu der Tür, die in den Weinkeller führte. Der Schlüssel steckte immer noch.

»Es gibt da kein elektrisches Licht«, erinnerte sich Ella.

Grace nickte kurz. »Ich hole eine Lampe«, sagte sie und lief zur Küche. Einen Moment später kam sie mit einer Taschenlampe zurück. Ihre Hände zitterten. »Würden Sie bitte vorausgehen? Ich leuchte Ihnen.«

Ella lächelte verständnisvoll und schloss die Tür auf. Grace richtete den Strahl der Taschenlampe auf die enge Steintreppe und Ella begann den Abstieg im schwankenden Licht.

»Soll ich vielleicht lieber ...?«

In diesem Moment erlosch das Licht und die Tür klackte.

»Hey!«, rief Ella.

»Es tut mir schrecklich leid«, antwortete Grace.

»Was ist passiert?«

»Nichts.«

Das Geräusch des Schlüssels im Schloss ließ Ella zusammenzucken.

»Sie müssen leider Ihre letzte Nacht auf Feniston Park im Weinkeller verbringen. Ich kann es mir nicht leisten, dass Sie herumlaufen und telefonieren oder am Ende doch abreisen, bevor ... bevor alles aufgeräumt ist.«

»Aufgeräumt?«, schrie Ella. »Sie meinen, bis Sie und Aidan die Hanfplantage haben verschwinden lassen? Und deshalb sperren Sie mich hier in die Dunkelheit?«

»Sorry. Aber ich hatte mir schon gedacht, dass Sie unser kleines Geheimnis entdeckt haben.«

»Ich hatte nicht einmal vor, Sie anzuzeigen, und Sie ... Scheiße!«

»Das Risiko kann ich nicht eingehen, das werden Sie sicher verstehen. Aber morgen früh lasse ich Sie wieder heraus – wenn Sie mir versprechen zu schweigen.«

»Ich kann Ihnen auch sofort versprechen zu schweigen und Sie lassen mich gleich raus«, rief Ella verzweifelt. »Sie können mich doch nicht die ganze Nacht hier ...«

Grace unterbrach sie: »Wenn Sie sich die Treppe hinuntertasten, finden Sie links zwischen den Weinregalen eine Matratze und einen Schlafsack, außerdem eine Flasche Wasser und ein paar Sandwiches. Bis morgen!«

»Grace, warten Sie! Grace!«

Doch hinter der Tür blieb alles still. Durch einen dünnen Spalt am Boden drang zunächst noch ein Lichtschimmer zu Ella herein, dann aber erlosch auch er.

Kapitel 37

Mit klopfendem Herzen und zitternden Knien ließ sich Ella auf der Treppe nieder. Was konnte sie tun? Dann fiel ihr ein, dass sie ihr Handy in der Hosentasche hatte. Sie zog es heraus: 6:00 p.m. – genau jetzt fuhr der Bus nach Rye in Lower Feniston ab. Hätte sie ihn doch nur genommen und auf einen höflichen Abschied verzichtet!

Sie seufzte. Irgendwie musste sie hier rauskommen. Natürlich hatte sie kein Netz. Die Erkenntnis kam nicht unerwartet, schließlich hatte sie bereits nach der Entdeckung von Georges Gebeinen bis in die Eingangshalle gehen müssen, um Empfang zu haben.

Sollte sie die Taschenlampenfunktion verwenden? Der Akkustand des Handys war nicht gerade hoch. Immerhin hatten sich ihre Augen schon an die Dunkelheit gewöhnt, da reichte erst mal auch das normale Licht des Displays. Vorsichtig stieg sie die Stufen hinauf zur Tür und leuchtete auf das Schloss. Es sah ziemlich simpel aus, eigentlich durfte es nicht allzu schwer sein, es zu knacken. Sie musste nur ihre aufgebogenen Büroklammern finden.

Hastig tastete sie die Taschen ihres Cardigans und ihrer Jeans ab, doch da war nichts, absolut nichts. Ihr Einbruchs-

oder besser Ausbruchswerkzeug befand sich wohl noch in der Jacke, die sie gestern im Gewächshaus angehabt hatte. Und die hing in der Garderobe. Mist!

Aber vielleicht gab es im Keller irgendetwas Nützliches? Mit langsamen, vorsichtigen Nachstellschritten ging Ella die Treppe wieder hinunter. Im trüben Licht des Handys erkannte sie schemenhaft die leeren Weinregale zu ihrer Linken. Mit Schaudern erinnerte sie sich an die Spinnweben, die von einem regen Tierleben hier unten zeugten.

Verflixt, so konnte sie nichts sehen! Entschlossen schaltete sie doch die Taschenlampenfunktion ein. Zwischen den Weinregalen lag tatsächlich eine Matratze und darauf ein zusammengerollter Schlafsack, eine große Flasche Wasser und eine dicke Papiertüte. Das mussten die angekündigten Sandwiches sein. Grace hatte gut geplant und vorgesorgt. Organisation war nun einmal ihre Stärke.

Ella schnaubte und sah sich um. Gab es nicht irgendwo ein Stück Draht oder einen dünnen Nagel? Eilig leuchtete sie die Regale ab, doch sie fand nichts. Zu allem Überfluss schien auch noch das Handylicht schwächer zu werden. Oder kam ihr das nur so vor? Sie musste weitersuchen! Es musste eine Lösung geben.

Sie ging hinüber zu den Türen auf der anderen Seite des Gangs. Der erste Raum war völlig leer gewesen, aber im zweiten hatte außer dem Schrank, in dem sie den Knochensack gefunden hatte, auch noch ein kaputter Stuhl gestanden. Vielleicht gab es dort etwas, das ihr helfen würde? Sie schob die Tür auf und betrat den Raum. Und nun?

Mit zitternden Fingern öffnete sie den Schrank und

leuchtete hinein. Natürlich wusste sie, dass die Polizei hier gewesen war und es keine Spur mehr von George geben würde. Aber die Erinnerung an ihren Fund war im Licht des Handys äußerst lebendig.

Im Schrank war nichts. Auch der dreibeinige Stuhl half ihr nicht weiter. Mist! Wo war eigentlich das vierte Bein? Vielleicht konnte sie Grace, wenn die morgen früh zurückkam, damit eins überziehen? Oder besser gleich mit dem ganzen Stuhl, das war bestimmt wirkungsvoller. Ellas Wut war im Augenblick groß genug für solch einen Angriff.

Entschlossen schaute sie hinter die offene Tür. Doch das vierte Bein lag nicht dort. Dafür stand da eine LED-Handlampe. Die musste die Polizei vergessen haben. Die Polizei, dein Freund und Helfer! Ella musste trotz ihrer misslichen Lage grinsen.

Hoffentlich war die Lampe nicht deswegen übersehen worden, weil die Batterie bereits verbraucht war. Ella hielt den Atem an und drückte auf den Schalter. Helles Licht verbreitete sich um sie herum und sie atmete wieder aus. Immerhin war sie nun nicht der Dunkelheit ausgeliefert, wenn der Akku ihres Handys versagte. Doch die Hoffnung, sich allein aus dem Weinkeller zu befreien, musste sie wohl aufgeben.

Wie ungerecht, dachte Ella. Da hab ich problemlos einen uralten und komplizierten Mord aufgeklärt, und nun sitze ich in der Patsche, weil ich ein paar Hanfkekse gesehen habe! Was wird wohl Alex dazu sagen?

Mit Hilfe der Polizeilampe erkundete sie erneut ihr Verlies. Erleichtert fand sie hinter dem letzten Regal einen Eimer, den sie in den leeren Kellerraum stellte. Sie hatte sich in der Theorie immer gefragt, wie man bei einer mehrstündigen Gefangenschaft mit dem unweigerlich auftretenden Problem der vollen Blase umging. Nun würde sie es in der Praxis erfahren. Dabei hatte sie immerhin den Luxus eines Eimers und viel Platz.

Es war kühl hier, selbst in ihrem warmen Cardigan fröstelte Ella jetzt. Sie setzte sich auf die Matratze, wickelte den Schlafsack auseinander und hängte ihn sich über Schultern und Rücken. Dann schaltete sie die Lampe auf die schwächste der drei vorhandenen Stufen herunter, damit die Batterie möglichst lange halten würde.

Und nun? Das Einfachste wäre sicher, sie würde versuchen zu schlafen. Aber nach all dem Schwarztee bei Heather konnte sie das erst einmal vergessen. Und wann war überhaupt »morgen früh«? Wann würde Grace sie herauslassen? In zwölf Stunden? In vierzehn?

Ella schluckte. Etwas schien auf ihre Brust zu drücken und ihr den Atem zu nehmen. Einen Moment lang erinnerte sie sich an James' schwarzen Kater, Mr Potts. Spukte es hier?

Stop it!, befahl sie sich selbst. Wenn sie jetzt in Panik verfiel, würde ihr das nicht helfen, im Gegenteil. Sie musste irgendwie die Zeit einigermaßen heil überstehen und nicht irgendwelchen Vorstellungen nachgeben, wie es war, in einem Keller vergessen zu werden und sich beim sinnlosen Befreiungsversuch die Finger blutig zu kratzen. Grace hatte gesagt, sie würde wiederkommen und sie freilassen.

Aber wie hatte Grace sich das gedacht? Glaubte sie wirklich, Ella würde über diesen Vorfall schweigen? Von den

Hanfkeksen hätte sie vielleicht niemandem etwas erzählt, doch nach dieser Aktion hatte Grace ihren Sympathiebonus verspielt. Natürlich würde sie alles abstreiten. Und wenn Aidan und sie die Zeit richtig nutzten, würde die Polizei tatsächlich keine Beweise für ihr illegales Tun finden. Aber für Ellas Zwangsaufenthalt im Weinkeller würden sich welche finden lassen, dafür konnte sie sorgen! Und sobald sie wieder frei war, würde die Lady was erleben!

Aussage gegen Aussage, schoss es ihr durch den Kopf. Was, wenn Grace behauptete, sie hätte Ella mit ihrem Wissen und Wollen hier eingesperrt – zu Recherchezwecken? Schließlich hatte eine Kollegin von ihr vor ein paar Jahren aus ebendiesen Gründen auch eine Nacht in einem Gefängnis verbracht. Wie würde die Polizei das Wort einer ehrbaren Lady Buckton gegen das einer fantasievollen ausländischen Liebesroman-Autorin werten?

Um die drohende Panik in den Griff zu kriegen, atmete Ella bewusst aus, ließ den Atem strömen, bis ihre Lunge von allein wieder einatmete. Sie wiederholte die Übung mehrere Male. Es schien zu funktionieren. Doch ihre Beine und Füße fühlten sich eisig an. Sie kroch in den Schlafsack und rollte sich auf der linken Seite zusammen. Noch einmal wandte sie die Atemübung an, um sich zu beruhigen.

Mami! Wieso dachte sie plötzlich an ihre Mutter? Weil sie sich genauso einsam und hilflos fühlte wie damals nach dem tödlichen Unfall? Die Frau vom Jugendamt hatte sie mitgenommen und irgendwo untergebracht, wo sie die ganze Nacht über allein in einem fremden Zimmer wach gelegen hatte. Aber am nächsten Tag war Sylvia mit ihren

Eltern gekommen und hatte sie abgeholt. Dann war alles gut geworden. Und morgen früh würde Grace kommen, um sie herauszulassen. Sie würde zu Alex fahren – alles würde gut werden. Bis dahin musste sie irgendwie ihre Gedanken beschäftigen. Am besten ging sie noch einmal den Plot für ihren Roman durch, wie er nach den letzten Enthüllungen aussehen konnte. Das lenkte sie immer wunderbar von allem anderen ab.

Felix und Amelia – mit ihrer unerfüllten Liebesgeschichte hatte es angefangen. Felix war Amelias Eltern nicht gut genug gewesen, sie hatten sich trennen müssen. Er war zur Marine gegangen, um sich eine Zukunft aufzubauen; Amelia war ihrer Schwester nach Feniston Park gefolgt, um ihren Eltern zu entkommen und Rose zu unterstützen. Ob George seine Frau schon von Anfang an misshandelt hatte? Oder war es erst später dazu gekommen, als er aus Indien zurück war und sie nicht mit ihm nach London ziehen wollte und sich keineswegs so verhielt, wie er es erwartete?

Auf jeden Fall hatte Amelia ihre Schwester und die Kinder nicht verlassen wollen, auch nicht, als sie nach dem Tod ihrer Eltern finanziell unabhängig geworden und damit der Weg zu Felix frei geworden war. Wie enttäuscht Felix gewesen sein musste! Sicher hatte er sie nie vergessen – wäre er sonst rund zehn Jahre nach ihrer Trennung nach Feniston Park gekommen? Vielleicht hatte er von Georges Verschwinden gehört und sich neue Hoffnung gemacht. Aber er war zu spät gekommen. Amelia hatte sich bereits das Leben genommen, zerbrochen an der Schuld, bewusst einen Menschen getötet zu haben.

Und Felix hatte keine Zukunft mehr gesehen: Es war Krieg, seine Liebe war fort, und so war er ihr gefolgt. Die wahre Geschichte war um einiges tragischer als die Überlieferung von der schwermütigen Amelia, die ihrem verlorenen Liebsten nachtrauerte.

Ella seufzte. All the lonely people, sang es in ihrem Kopf, where do they all come from? Sie drehte sich auf die andere Seite und starrte auf das leere Weinregal.

Amelia hatte Rose erst verlassen, als diese ihre schwierige Schwangerschaft und Stanleys Geburt überstanden und sie nicht mehr so nötig gebraucht hatte. Stanleys Geburt – was genau war da wohl passiert, das Rose fast das Leben gekostet hatte? Ella drehte sich auf den Rücken. Jetzt würde sie gerne noch einmal die Aufzeichnungen der Hebamme anschauen. Aber ja – das konnte sie auch! Schließlich hatte sie die Seiten mit dem Handy fotografiert. Und das hatte sie bei sich.

Sie setzte sich auf und schaltete das Handy ein, rief das Foto auf und vergrößerte den entsprechenden Ausschnitt: Stanley Buckton, born 13 June 1940, 21 inches, 8 lbs. ½ ounce, male. Die Notizen hinter den Worten »Mother: Lady Buckton« waren schwer zu entziffern, irgendetwas mit Blutungen. Ella verschob das Dokument, um weiter oben nachlesen zu können, wo Notizen zur Schwangerschaft standen: »Gravida II, Para I, nausea gravidarum«, dann wieder ein paar unleserliche Wörter. Wie frustrierend!

Moment, irgendetwas stimmte hier nicht. »nausea gravidarum« – Schwangerschaftsübelkeit, von Gravida – die Schwangere, das war klar. Aber »Gravida II«? Stanley war Roses drittes Kind gewesen! War das ein Schreibfehler? Konnte es eigentlich nicht sein, denn »Para I« bestätigte, dass Rose vor Stanley nur ein Kind geboren hatte. Und so patriarchalisch, dass nur die Geburten von Jungen zählten, war man 1940 bestimmt nicht gewesen.

Hastig suchte Ella nach dem Foto von Heathers Geburtseintrag: »Gravida I, Para 0«. Und bei Rupert? Auch »Gravida I, Para 0«. Beide waren das erste Kind ihrer Mutter gewesen? Wie sollte das gehen? Ella runzelte die Stirn. So sehr konnte sich eine Hebamme nicht irren! Doch wenn es kein Irrtum war, zeigten die Aufzeichnungen eindeutig, dass Rupert und Heather nicht beide Roses Kinder sein konnten. Wer aber war die zweite Mutter, die unter dem Namen Lady Buckton entbunden hatte, ohne dass jemand Verdacht geschöpft hatte? Da kam nur eine Frau in Frage: Amelia.

Kapitel 38

»Rose, du musst mir helfen. Ich bin schwanger.«

Rose legte die Hand auf ihre Lippen. »Oh, mein Gott!«, flüsterte sie.

Amelia nickte. »Auch seine Hilfe werde ich brauchen.«

»War es Felix?«

»Ja.«

»Wir müssen ihn benachrichtigen, damit er dich heiraten kann. Jetzt muss Vater einwilligen.«

Amelia schüttelte den Kopf. »Ich habe es versucht, er ist fort. Niemand weiß, wohin.«

»Wollte er nicht zur Marine gehen?«

»Das war sein Plan, aber ob er es wirklich getan hat? Außerdem könnte das Schiff am anderen Ende der Welt sein. Ohne genauere Angaben ist er nicht zu finden.«

»Und nun?«

»Ich brauche deine Hilfe und Geld. Ich muss fortgehen.«

»Willst du etwa …?« Rose riss die Augen auf.

»Ich will dieses Kind bekommen.«

»Und dann? Wirst du es fortgeben?«

Amelia schüttelte den Kopf. »Natürlich nicht! Aber was sonst kann ich tun?«

Rose trat einen Schritt auf ihre Schwester zu und schloss sie in die Arme. »Wir finden eine Lösung, ganz bestimmt.«

Die Grenze zwischen Traum und Wirklichkeit verschwamm im dämmrigen Licht des alten Weinkellers. Ella war es, als stünden Rose und Amelia tatsächlich neben ihr und schmiedeten ihren Plan.

»Du kannst George Buckton nicht heiraten. Du liebst ihn nicht.«

»Ach, so übel ist er nicht. Er verehrt mich und er hat diesen Landsitz in Kent, Feniston Park.«

»Aber er wird dich doch nicht jetzt so kurz vor seinem Indienaufenthalt heiraten und danach einfach in England zurücklassen!«

»Warum nicht? Wenn ich sofort schwanger werde, kann man mir die Reise und den Aufenthalt in einem Land mit einem solchen Klima nicht zumuten. Dann können wir beide nach Feniston Park gehen, wo uns niemand kennt – oder auseinanderhalten kann. Du bringst als Lady Buckton dein Kind zur Welt und danach tauschen wir die Rollen wieder.« Rose grinste. »Das wird ein Spaß!«

Amelia wiegte den Kopf. »Ich weiß nicht.«

»Doch, doch!«, redete Rose auf sie ein. »Du kannst dann für immer bei mir und deinem Kind leben – es wird alles ganz einfach!«

Amelia atmete tief durch. »Na gut«, sagte sie schließlich. »Wenn du es schaffst, dass George dir einen Antrag macht. Und es muss bald sein, sonst kann er sich ausrechnen …«

»Das ist kein Problem«, behauptete Rose. »Er kommt heute Abend zu unserer Soiree. Da wird sich eine Gelegenheit finden.« Sie lächelte schelmisch.

»Willst du ihn etwa …?«

»Verführen?« Rose nickte. »Das ist der sicherste Weg. Und wenn er mich dann nicht sowieso gleich aufgrund seines schlechten Gewissens heiraten will, werde ich ihn bald verzweifelt darum bitten, weil ich schwanger bin. Er ist doch solch ein Ehrenmann! Wirklich, es ist alles ganz einfach.«

Aber so einfach war es letztlich nicht gewesen. Rose war für ihre Schwester eine unglückliche Ehe eingegangen. Und Amelia hatte sie nie verlassen können, weil sie weder ihre Schwester noch ihren Sohn der Willkür George Bucktons hatte überlassen wollen.

Ella seufzte. Ja, es passte alles. Die Hebamme hatte Ruperts Geburt am 5. März aufgeführt. Im Kirchenbuch war, nach einer geschickten Korrektur, das Datum 3. Mai verzeichnet. 3.5. statt 5.3. – diese zwei Monate waren für die Legitimität und Anerkennung des Erben durch George wahrscheinlich entscheidend gewesen. Rose und Amelia mussten das Datum geändert haben, bevor George zurückgekommen war. Und der hatte sich mit Säuglingen sicher nicht gut genug ausgekannt, um zu merken, dass »sein« Sohn eigentlich zwei Monate zu alt war.

Erneut wälzte Ella sich auf die Seite und rollte sich zusammen. Vielleicht konnte sie doch schlafen, damit die Zeit ein bisschen schneller verging, bis diese verdammte

Grace sie hier rauslassen würde. Sie zögerte einen Moment, dann knipste sie die Lampe aus.

Als Ella aufwachte und auf ihrem Handy nach der Uhrzeit schauen wollte, blieb das Display schwarz. Mist! Sie schaltete die Lampe ein, um auf ihre Armbanduhr sehen zu können. Es war kurz nach zwei. Sie musste noch Stunden hier ausharren!

Wie konnte sie sich nun ablenken? Vielleicht mit den Urlaubsplänen für das nächstes Jahr. Im Frühjahr könnte sie wieder einmal nach Lissabon fliegen und ihre Freunde dort besuchen, bevor die Touristen Portugal überfluteten. Und im Sommer nach Schottland? War nicht im August in Edinburgh das International Book Festival? Vielleicht würde Alex sie sogar begleiten. Hatte er nicht mal etwas von Freunden oder Verwandten in Schottland erwähnt?

Sie summte die Melodie von »Mull of Kintyre« und versuchte sich das Meer vorzustellen, über das der Nebel gen Land zog. Ein malerisches Fischerdorf mit einem jungen Polizisten – wie hieß die Serie noch, die sie nur mit Untertiteln hatte anschauen können, weil der Akzent der Schotten für sie so unverständlich war? Irgendetwas mit »Macbeth«? Ach ja, »Hamish Macbeth«.

Beim Versuch, weitere Brocken ihrer Kenntnisse über Schottland zusammenzusammeln, schlief sie schließlich wieder ein.

Kapitel 39

Das Geräusch eines Schlüssels im Schloss ließ Ella aus ihrem Schlaf hochfahren. Dann hörte sie das Klacken einer Tür. Endlich ließ Grace sie heraus! Sie kämpfte sich aus dem verdrehten Schlafsack, schaltete die Lampe ein und eilte zur Treppe.

»Grace!«

In diesem Moment wurde die Tür wieder zugeschlagen und erneut abgeschlossen.

»Grace!«, schrie Ella und stolperte die Treppe hinauf. Sie schlug gegen die Tür. »Grace, lassen Sie mich raus!«

»Es tut mir schrecklich leid, Ella«, behauptete Grace von draußen, »doch das kann ich nicht.«

»Aber Sie haben gesagt … Sie haben versprochen …«

»Sehen Sie, da wusste ich noch nicht alles. Ich wusste nicht, was Sie wissen.«

»Ich weiß überhaupt nichts«, erklärte Ella. »Und ich werde niemandem von Ihren Keksen erzählen. Lassen Sie mich raus!«

»Ich habe Ihnen eine Flasche Wasser auf die Treppe gestellt. Teilen Sie sie gut ein, ich komme so bald nicht wieder«, klang Grace' distinguierte Stimme durch die Tür.

»Sorry, Sandwiches habe ich keine mehr für Sie gemacht. Ich bin ein wenig in Eile.«

»Shit! Was haben Sie vor?«

»Ich muss wegfahren und ein paar Dinge erledigen.«

»Und da lassen Sie mich hier einfach zurück?« Ella begann mit den Fäusten gegen die Tür zu hämmern.

»Beruhigen Sie sich!«

War die Frau verrückt geworden?

»Wie soll ich mich beruhigen, wenn Sie mich einsperren und wer weiß wohin fahren? Weiß irgendjemand, wo ich bin?« Ellas Herz raste.

»Aber nein! Ich habe Ed und Heather beim Abendessen Grüße von Ihnen ausgerichtet und gesagt, dass Sie leider überraschend früher abreisen mussten. Sie hatten ja Ihre Sachen praktischerweise schon gepackt, die konnte ich leicht wegräumen. Und ich wollte Sie heute Morgen auch wirklich freilassen. Nur hat dann Heather plötzlich erzählt, dass sie sich bei Ihrem Besuch am Nachmittag an den Tod ihres Vaters erinnert hat. Dabei hat sie sich so sehr aufgeregt, dass sie weinend zusammengebrochen ist und wir den Arzt rufen mussten. Der hat sie leider ins Krankenhaus eingewiesen, was meine Aufgabe ein wenig erschwert.«

»Was haben Sie vor?« Ella hielt den Atem an.

Grace lachte. »Ich werde mit ihr reden. Sie muss verstehen, dass auf keinen Fall herauskommen darf, dass Rupert seinen Vater erschossen hat.«

»Aber …«

»Rupert hat es Ed gebeichtet, sozusagen auf dem Sterbebett. Und Ed hatte nie Geheimnisse vor mir. Ich weiß also, was damals passiert ist«, fuhr Grace ungerührt fort. »Und ich bin in Sorge, dass damit die Erbfolge bei den Bucktons ein wenig durcheinandergeraten könnte. Ich hege die Befürchtung, Rupert hätte als Mörder seines Vaters nicht von dessen Tod profitieren dürfen und Stanley hätte den Titel und Feniston Park erben müssen.«

»Aber es war …«, versuchte Ella sie zu unterbrechen.

»So, und nun muss ich los. Bye!«

»Halt! Grace! Warten Sie!« Ella schlug erneut gegen die Tür. »Ich werde niemandem etwas sagen. Lassen Sie mich raus! Außerdem war es gar nicht … Grace!«

Ella saß auf der Treppe und starrte in ihr Gefängnis. Zuerst hatte sie getobt, dann geweint. Jetzt war sie erschöpft und hatte Durst. Außerdem begann ihr Magen zu knurren. Die Sandwiches hatte sie bereits in der Nacht aufgegessen, und wie lange würde die Flasche Wasser reichen, die Grace ihr heute Morgen hingestellt hatte? Ach verflixt, warum war sie nicht wach gewesen und hatte sich den Weg nach draußen erkämpft? Das hätte sie leicht geschafft. Grace war klein und zierlich und Ella hatte schon erwachsene Männer mit ihren Selbstverteidigungskünsten zu Boden gezwungen.

Ihr war kalt. Langsam trank sie einen Schluck Wasser, stand auf und ging vorsichtig die Treppe hinunter. Sie begann, auf der Stelle zu hüpfen. Dann joggte sie im Gang des Weinkellers hin und her. Es waren nur wenige Meter, aber besser als nichts. Sie musste stark bleiben, wach bleiben, einen Ausweg finden. Grace würde wiederkommen, daran musste sie glauben. Und dann würde sie ... Sie brauchte eine Waffe!

Ellas Armbanduhr zeigte 9:42, als sie endlich eines der Beine des kaputten Stuhls in den Händen hielt. Es war überraschend schwer gewesen, den Stuhl zu zerschlagen. Zum Glück spendete die Polizeilampe immer noch Licht. Aber ewig würde die Batterie auch nicht halten. Immerhin waren Ella die Wege von der Matratze zur Tür und in den leeren Raum mit dem Eimer inzwischen vertraut und zur Not würde sie sich im Dunkeln zurechtfinden. Nur – im Dunkeln war die Panik nahe.

Die Zeit verstrich. Eingehüllt in den Schlafsack saß Ella mit ihrer improvisierten Keule am Kopf der Treppe neben der Tür und wartete. Irgendwann musste jemand kommen. Ob Jessie auch für die Räume im Keller zuständig war? Oder kam dafür nur in der Veranstaltungszeit eine Putzkolonne? Als das Licht der Polizeilampe erlosch, begann Ella zu beten.

»Hier ist es. Aber Ihre Kollegen waren doch schon da und haben alles untersucht«, sagte eine Männerstimme.

Ein Lichtschimmer fiel durch den Spalt unter der Tür. Ella stand auf und der Schlafsack rutschte mit leisem Klicken des Reißverschlusses die dunkle Treppe hinunter. Dann wurde der Schlüssel im Schloss gedreht. Ellas rechte Hand krampfte sich um das Stuhlbein. Jetzt galt es, schnell zu sein. Sie hielt den Atem an und legte die linke Hand auf die Türklinke. In dem Moment, als sie von außen heruntergedrückt wurde, warf sich Ella gegen die Tür und schob sie schwungvoll auf.

»Fuck!«, fluchte ein Mann.

Die Tür ließ sich nicht weiterbewegen, doch der Spalt war groß genug für Ella, um sich durchzuschieben. Geblendet hob sie ihre Keule, bereit, sich gegen einen Angriff zu verteidigen, als eine kräftige Hand ihren Arm festhielt.

»Verdammt, Ella!«

»Alex?« Ella ließ das Stuhlbein fallen und warf sich in seine Arme.

Kapitel 40

»Wir müssen ins Krankenhaus«, stieß Ella hervor.

Alex löste die Umarmung und schob sie ein Stück von sich. »Geht es dir nicht gut? Bist du verletzt?«

»Nein, aber Heather. Wir müssen ins Krankenhaus«, wiederholte Ella.

»Meine Tante ist zwar im Krankenhaus«, erklärte Ed. »Allerdings nur, weil sie einen Schwächeanfall hatte. Es ist nichts Weltbewegendes. Machen Sie sich keine Sorgen, Ella!«

Erst jetzt entdeckte Ella ihn. Er stand ein paar Schritte entfernt und starrte sie an.

»Grace …« Ellas Stimme versagte.

»Meine Frau ist vor zwanzig Minuten losgefahren, um sie zu besuchen. Heather ist wirklich gut versorgt. Aber wieso haben Sie sich im Keller eingesperrt und warum …?«

»Es war von außen abgeschlossen«, unterbrach Alex ihn. »Ella, wer war das?«

»Grace«, flüsterte Ella. »Und ich glaube, jetzt will sie Heather etwas antun.«

»Wir müssen ins Krankenhaus!« Alex packte Ellas Hand und zog sie an Ed vorbei.

»Sag ich doch«, murmelte Ella.

»Welches?«, fragte Alex.

»Ashford, aber ich kann mir nicht vorstellen ...«, rief Ed verzweifelt.

Alex und Ella beachteten ihn nicht, sondern eilten die Treppe hinauf und durch die Eingangshalle. Der Haupteingang stand offen und der Wind wirbelte ein paar trockene Blätter herein.

»Sollten wir nicht die Polizei vor Ort verständigen?«, keuchte Ella.

»Gleich. Mein Handy ist im Auto.« Alex ließ ihre Hand los und lief voraus.

Sein Wagen war schräg auf dem Vorplatz des Herrenhauses geparkt. Ella wollte instinktiv auf die rechte Seite laufen, als ihr auffiel, dass auch Alex drauf zusteuerte. Klar, die Fahrerseite war hier rechts! Sie schaffte es gerade noch, vor dem Kofferraum umzuschwenken. Als sie einstieg, saß Alex bereits und gab eine Meldung an die Polizeistation in Ashford durch.

»Okay«, sagte er, steckte das Handy in die Freisprechhalterung und startete den Motor. »Die Kollegen sind unterwegs.« Er trat aufs Gaspedal.

Ellas Hände zitterten, als sie den Sicherheitsgurt schloss. »Und wir?«

»Wir sind auch unterwegs.« Alex warf ihr einen Blick zu.

»Du nimmst mich mit?«

»Denkst du, ich lasse dich hier, wo du nicht sicher bist?« Er bog von der Einfahrt auf die Dorfstraße und kurz darauf auf die A259.

Eine Weile schwiegen sie beide. Es war ein seltsames Gefühl, neben Alex im Auto zu sitzen. Er nahm die linke Hand vom Lenkrad und griff nach ihrer rechten, als wolle er sich versichern, dass sie wohlbehalten neben ihm saß.

»Wieso bist du eigentlich nach Feniston Park gekommen?«, fragte Ella leise.

»Ich kenne dich, du bist Deutsche. Du hast gesagt, du kommst am Vormittag, also kommst du auch am Vormittag. Oder du meldest dich.«

»Das verstehst du unter ›deutsch sein‹?«

»Bei deinem Handy hab ich immer nur die Mailbox erreicht.«

»Es hätte ja kaputt sein können.«

»Aber dann hättest du einen anderen Weg gefunden, mich zu benachrichtigen. Dein Vater wusste auch von nichts. Also habe ich auf Feniston Park angerufen und mit Lord Buckton gesprochen, der behauptet hat, du wärst gestern Abend übereilt abgereist.«

»Das hat Grace ihm erzählt«, erklärte Ella.

»Das konnte aber nicht sein, denn wenn du gestern Abend noch nach Canterbury gekommen wärst, dann wärst du heute Nacht bei mir gewesen.«

Der Blick, den er ihr zuwarf, ging ihr durch und durch.

»Bist du sicher?«

»Ja.«

Sie lächelte.

»Also bin ich hergefahren. Lord Buckton hat mir dein Zimmer gezeigt und mir versichert, du seist nicht mehr im Haus. Aber ich kenne dich.«

»Das hast du schon einmal gesagt.«

»Als ich ins Bad geschaut habe, standen da ein deutsches Duschgel und Shampoo in der Dusche. Ich konnte mir nicht vorstellen, dass du ohne die Sachen abreist.«

»Also hast du nach Spuren gesucht?«

»Ich bin Detective Inspector, vergiss das nicht! Außerdem wollte ich selbst einmal den Ort sehen, an dem du die Knochen gefunden hattest. Irgendwie hatte ich das Gefühl …«

»Ich mag deine Gefühle«, sagte Ella von Herzen.

Sie bogen gerade in die Zufahrt zum Krankenhaus ein, als Alex' Handy klingelte. Mit einem kurzen »Yes« nahm er das Gespräch an. Eine weibliche Stimme quäkte etwas, dann sagte Alex: »Wir kommen hoch«, und legte auf. »Siehst du, alles gut.« Er lächelte.

»Was war das bitte für eine Sprache?«, fragte Ella. »Und was hat die Frau gesagt?«

Alex hielt hinter zwei Streifenwagen, die vor dem Krankenhaus parkten, und begann zu lachen. »Das war Scouse – Jackie ist aus Liverpool.«

»Und da spricht man kein Englisch?«

»Naja, so was Ähnliches«, erwiderte Alex und öffnete seine Tür. Er lachte immer noch, doch dann wurde er ernst. »Sie haben Grace verhaftet. Sind gerade rechtzeitig gekommen. Sie hat versucht, Heather mit einem Kissen zu ersticken.«

Ella stieß den Atem mit einem kräftigen P aus und stieg aus.

Kapitel 41

In Heathers Krankenzimmer war es eng. Zwei Polizeibeamte hielten Grace fest. Die dritte war Jackie, die von Angesicht zu Angesicht doch ein wenig leichter zu verstehen war als über die Freisprechanlage des Handys, als sie Alex halblaut Bericht erstattet hatte. Trotz der Handschellen stand Grace hoch erhobenen Hauptes und mit ungerührtem Gesicht da. Eine Ärztin und eine Krankenschwester bemühten sich um Heather, die auf dem Bettrand saß und versuchte, die beiden zur Seite zu schieben.

»Ella!«, rief sie. »Geht es Ihnen gut? Ich hab mir solche Sorgen gemacht.«

Ella drückte sich an der Schwester vorbei und setzte sich neben Heather. »Mir geht es gut«, sagte sie. »Und Ihnen?«

Heather starrte sie an. »Ich bin aufgewacht, als Grace ins Zimmer kam. Sie hat ein Kissen von dem Bett da drüben genommen und ich dachte, sie wollte es mir bequem machen. Aber dann …« Sie schluckte. »Und sie hat gesagt, dass man Sie nicht vor dem Frühjahr finden würde.«

»Nun, das war stark übertrieben, meinen Sie nicht?«, versuchte Ella zu scherzen.

Heather griff nach ihrer Hand. »Was hat sie mit Ihnen gemacht?«

Ella warf Grace einen wütenden Blick zu. »Sie hat mich in den Weinkeller gelockt und eingeschlossen. Weil ich ihre Hanfbäckerei entdeckt habe.«

Jackie unterbrach ihr Gespräch mit Alex und rief durch den Raum: »Hat hier jemand was von Hanf gesagt?«

»Ja«, erwiderte Ella. »Dazu möchte ich gerne eine Aussage machen.«

»Ich hätte Sie wieder freigelassen«, versicherte Grace.

»So klang das aber nicht, als ich im Dunkeln saß. Da haben Sie behauptet, Sie würden verhindern, dass man herausfindet, dass Rupert seinen Vater erschossen hat.«

»Aber so war es doch gar nicht«, warf Heather ein.

Grace würdigte sie keines Blickes. »Zu schade, Ella, dass Sie George gefunden haben. Ich hätte die Knochen vergraben sollen, nachdem ich sie aus dem Eishaus geholt hatte. Aber ich hatte damals gerade wenig Zeit und in den alten Weinkeller ging ja nie jemand. Das dachte ich zumindest.«

»Sie haben sie aus dem Eishaus geholt?«, fragte Ella erstaunt.

Grace zog die Augenbrauen hoch. »Das musste ich doch. Die Gewächshäuser wurden gebaut und alle Leute liefen ständig durch das Wäldchen. Da hätte zu leicht jemand neugierig werden und über das alte Eishaus und Georges Überreste stolpern können.«

»Aber woher wussten Sie überhaupt davon?«

»Von Ed natürlich. Rupert hat ihm gestanden, dass er damals seine Mutter und seine Tante beobachtet hatte, wie sie die Leiche dorthin geschleppt haben, um ihn zu schützen.« Ella schüttelte den Kopf, doch Grace sprach einfach weiter: »Und als Sie jetzt alles aufgewirbelt haben und Heather sich auch noch an den Tod ihres Vaters erinnert hat, musste ich etwas tun.«

»Aber es war doch Auntie Amelia!« Heathers Stimme klang brüchig.

Grace zuckte zusammen. »Amelia? Was war mit Amelia?«

»Sie hat George Buckton erschossen, um ihre Schwester zu schützen«, erklärte Ella.

»Dann – dann war Rupert nicht der Mörder seines Vaters?«, stammelte Grace. »Aber dann war er ja doch der Erbe.«

»Natürlich war er der Erbe«, sagte Heather. »Was hast du denn gedacht?«

Grace schwieg.

»Ein Mörder hätte sein Opfer nicht beerben können, das hat sie gedacht. Und um dieses Geheimnis zu schützen, war sie zu allem bereit.« Ella warf Grace einen verächtlichen Blick zu.

Die drehte sich zu den Polizisten, die sie am Arm festhielten. »Können wir endlich gehen?«

Heather lag wieder in ihrem Krankenhausbett. Grace und die Polizisten waren fort.

»Nun möchte ich mit Miss Martin unter vier Augen sprechen«, bestimmte Heather.

Die Ärztin hatte keine Einwände und verließ zusammen mit der Schwester das Zimmer.

»Ich warte vor der Tür«, sagte Alex und folgte den beiden.

Ella schob einen Stuhl neben das Bett und setzte sich. »Geht es Ihnen auch wirklich gut?«, fragte sie.

»Nun ja, ich fühle mich etwas erschöpft«, gab Heather zu. »Aber gleichzeitig ist es erleichternd, dass jetzt alles offengelegt ist.«

Ella zögerte. Ihre letzten Vermutungen aus dem Weinkeller kannte Heather noch nicht. Sollte sie ihr alles erzählen?

»Ich hatte mich übrigens sehr gewundert, dass Sie sich gar nicht von mir verabschiedet haben«, fuhr die alte Dame fort. »Grace sprach allerdings von einem Notfall in Ihrer Familie.«

»Ich wäre nie einfach fortgegangen«, erklärte Ella. »Sie haben mir so viel geholfen und ich – ich mag Sie sehr.«

Heather lächelte. »Ja, ich mag Sie auch. Und ich freue mich, wenn Sie Ihren Roman basierend auf Amelias und Felix' wahrer Geschichte schreiben. Ich glaube, das hätte Auntie Amelia gerne gesehen.«

»Sie erinnern sich an Felix?«

Heather nickte. »Ein Soldat in blauer Uniform mit goldenen Abzeichen kam zu uns, als wir um Auntie Amelia trauerten, und fragte nach ihr. Meine Mutter schloss sich lange mit ihm ein, um mit ihm zu sprechen. Ich weiß nicht, worum es ging, aber ich sah ihn hinterher in den Park gehen. Und später hieß es, er habe sich erschossen.«

»Sie wissen nicht, was Ihre Mutter ihm gesagt hat?«

»Nein, leider nicht. Sie dürfen sich das gerne ausdenken.« Heather lächelte.

»Ich weiß nicht …« Ella räusperte sich. »Ich weiß nicht, ob es damit etwas zu tun haben könnte, und ich weiß auch nicht, ob es die Wahrheit ist, aber als ich im Keller saß, habe ich die Einträge der Hebamme gelesen, die Sie, Rupert und Stanley betreffen.« Sie stockte.

»Ja?«

»Könnte es sein, dass Rupert nicht Roses, sondern Amelias Sohn war?«

Heather stutzte und Ella begann, ihr zu erzählen, was sie aus den Notizen geschlossen hatte. Je länger sie sprach, desto häufiger nickte die alte Dame.

»Das ist durchaus möglich«, stimmte sie zu, als Ella geendet hatte.

»Dann wäre Rupert als Felix' Sohn allerdings doch nicht der Erbe gewesen«, sagte Ella vorsichtig.

»Ach was!« Heather schüttelte den Kopf. »Rupert war ehelich geboren und von seinem Vater, also von George, anerkannt worden. Natürlich war er der rechtliche Erbe. Was meinen Sie, wie viele Kinder früher, als es noch keine alleinerziehenden Mütter geben durfte, nicht wirklich die Nachkommen ihrer Väter waren? Hauptsache die Schwangere fand rechtzeitig einen Mann.«

Ella sah sie überrascht an. Heather zuckte mit den Achseln und ein schelmisches Lächeln huschte über ihr Gesicht.

Einen Moment lang blieb Ella noch sitzen, dann stand sie auf. »Leider muss ich mich jetzt verabschieden«, erklärte sie. »Ich muss noch meine Sachen von Feniston Park holen. Hoffentlich finden wir sie.«

»Warten Sie – nehmen Sie meinen Schlüssel!«, sagte

Heather und öffnete ihre Nachttischschublade. »So sind Sie unabhängig von Ed. Der hat jetzt sicher anderes im Kopf und ist wahrscheinlich gar nicht zu Hause. Wenn Sie gehen, werfen Sie ihn einfach durch den Briefschlitz.«

Ella nahm den Schlüssel entgegen und bedankte sich.

»Und – wissen Sie schon, was Sie über die Weihnachtstage machen werden?«, fragte Heather. »Fahren Sie zurück nach Deutschland zu Ihrer Familie?«

»Wahrscheinlich ja. Mein Vater lebt zwar in Canterbury, aber ich will ihn einladen, die Feiertage mit mir in Bonn bei meiner Schwester zu verbringen.«

»Ach wie nett«, sagte Heather. »Ich denke, meine Töchter werden in diesem Jahr nach Feniston Park kommen. Wir sollten Ed und Erica nicht allein lassen. Weihnachten ist doch ein Familienfest.« Sie lächelte und winkte Ella näher zu sich heran. »Und Ihr junger Mann?«, fragte sie leise und deutete auf die Zimmertür. »Nehmen Sie den auch mit?«

»Noch nicht.« Ella zwinkerte ihr zu. »Aber ich komme wohl nach den Feiertagen wieder.«

»Dann besuchen Sie mich doch!«, lud Heather sie ein. »Im Frühling ist unser Park herrlich. Und bringen Sie Agatha mit! Wir können spazieren gehen und uns unterhalten.«

»Gerne«, sagte Ella und verabschiedete sich herzlich.

Kapitel 42

»Ed wusste wohl tatsächlich nicht, was seine Frau so alles trieb«, stellte Ella fest, als sie zum letzten Mal das Herrenhaus von Feniston Park verließ.

Alex nickte. »Sieht so aus. Er war ja jetzt sehr hilfsbereit und hat sogar deine Tasche und deinen Laptop gefunden.«

»Ja, meinen Laptop hätte ich auch extrem vermisst«, gab Ella zu. »All die schönen Geschichten, die ich mir ausgedacht habe!«

Alex grinste und lud ihre Sachen in den Kofferraum. Dann öffnete er ihr die Beifahrertür.

»Oh, danke«, sagte Ella und stieg ein.

Er schlug die Tür zu und ging um den Wagen herum, um ebenfalls einzusteigen.

»Und was ist mit Aidan und Drew?«, fragte sie, als er den Motor anließ.

»Das überlasse ich den zuständigen Kollegen. Ich muss mich um dich kümmern.«

»Musst du nicht«, widersprach sie automatisch.

Er warf ihr einen grimmigen Seitenblick zu.

»Ich freue mich allerdings, dass du es tust«, gab sie zu.

»Schließlich säße ich sonst wahrscheinlich immer noch im dunklen Weinkeller.«

»Das ist anzunehmen.«

»Danke«, sagte Ella leise und berührte kurz seine Schulter. Dann starrte sie geradeaus aus dem Fenster.

Sie schwiegen eine Weile. Plötzlich ließ Ellas Magen ein lautes Knurren hören.

»Hungrig?«, fragte Alex.

Ella nickte. »Ich habe heute noch nicht wirklich was gegessen.«

»Sollen wir unterwegs irgendwo essen gehen?«

»Eigentlich möchte ich jetzt nicht unter Menschen.«

»Hm.« Alex runzelte die Stirn und hielt kurz darauf an einer Tankstelle. »Warte!«

Ein paar Minuten später war er aus dem Shop zurück und legte Ella drei Pakete Sandwiches in den Schoß, dazu eine Flasche Wasser und eine Cola. »Ich kann ja nicht zulassen, dass du verhungerst.«

Begeistert riss Ella eine Packung auf und biss in ein Chicken-Tikka-Sandwich. Alex beobachtete amüsiert, wie sie nach und nach auch die restlichen Sandwiches verspeiste.

»Nachtisch hab ich vergessen«, gestand er schließlich. »Aber ich könnte dir noch einen Tee anbieten – falls du nicht sofort zu deinem Vater willst.«

»James erwartet mich frühestens morgen«, erwiderte Ella. Sie steckte die Sandwichhüllen ineinander und verstaute sie neben ihren Füßen. Ihr Herz klopfte schon wieder viel zu schnell. »Ein Tee wäre wunderbar«, sagte sie schließlich.

»Ist es komisch für dich, in Toms Haus zu sein?«, fragte Alex, als sie die Küche betraten.

»Ich war nie hier«, antwortete Ella. Und ihre Affäre mit Tom schien ganz weit weg und ewig her zu sein.

»Oh, gut. Ich werde mir sowieso etwas Neues suchen«, erklärte Alex. »Aber bisher war es praktisch, in seinem Haus wohnen zu bleiben, während er in Kanada ist.« Er füllte Wasser in den Kocher und schaltete ihn ein. Dann warf er Teebeutel in zwei Tassen und holte einen Minikanister Milch aus dem Kühlschrank. Einen Moment lang stand er unentschlossen da, bis Ella ihm die Milch aus der Hand nahm und sie auf den kleinen Tisch stellte.

Sie legte ihre Arme um seinen Nacken. »Pfeif auf den Tee!«, sagte sie leise und küsste ihn.

Epilog

Alex hatte Ella das Bad zuerst überlassen. Wahrscheinlich hatte er geglaubt, sie würde ewig brauchen, um sich fertig zu machen. Ja, sie gab zu, sie war nervös. Es war Freitagabend und im White Swan würden alle sein: Mary Ann und Brian, Dennis, Tamlin und Finn. Wenn sie nun mit Alex zusammen dort ankam … Natürlich würden sie niemandem auf die Nase binden, wie nah sie sich seit gestern standen, aber zumindest Mary Ann würde wahrscheinlich ihre Schlüsse ziehen. Sie hatte eine Nase für Beziehungen.

Ella seufzte und packte in der Diele Portemonnaie und Handy in ihre kleine schwarze Umhängetasche. Das Telefon klingelte. Alex war noch oben und zog sich an. Sollte sie rangehen? Eigentlich war es ja Toms Telefon. Was, wenn jemand nicht wusste, dass er in Kanada war?

Entschlossen hob sie den Hörer ab und sagte: »Hello?«

Nur ein heiseres Flüstern war zu hören. Zuerst verstand sie nichts und wollte schon nachfragen, als die Worte klarer wurden.

»Sag dem Schwein, ich kriege ihn! Der Tod wird mit

dem Tod bestraft!« Es klickte in der Leitung, der Anrufer hatte aufgelegt.

»Ella, was ist los?« Alex kam die Treppe herunter.

»Gerade hat jemand angerufen – und gedroht: Der Tod wird mit dem Tod bestraft. Ich glaube, das galt dir.« Sie musterte ihn.

Alex runzelte die Stirn. »Vielleicht irgendein Streich? Oder jemand hat sich verwählt?«

Ella schüttelte den Kopf. »Das klang ernst. Und ist nicht ›Schwein‹ hier in England ein Schimpfwort für Polizisten? Kriegst du öfter solche Drohanrufe?«

»Ab und zu.« Alex zuckte mit den Achseln. »Aber das hat nichts zu sagen. Mach dir keine Gedanken! Bist du fertig?«

Ella nickte.

»Na dann los!« Er lächelte und gab ihr einen Kuss.

»Jetzt hast du Lippenstift am Mund«, sagte Ella grinsend.

»Kannst du ihn mir abwischen?«, fragte er.

»Ich kann schon«, erwiderte Ella. »Aber ich möchte nicht.« Dann küsste sie ihn. Lange. Lang genug, um sich darüber klar zu werden, dass sie unbedingt herausfinden musste, wer ihn bedrohte.

»Mhm«, sagte er, als sie ihm schließlich doch die Farbe vom Mund wischte. »Bist du sicher, dass wir in den White Swan gehen sollten?«

Ella zog die Augenbrauen hoch. »Wir können uns ja nach einer Runde wieder verabschieden«, schlug sie vor.

Alex lachte. Dann gingen sie Hand in Hand aus dem Haus.

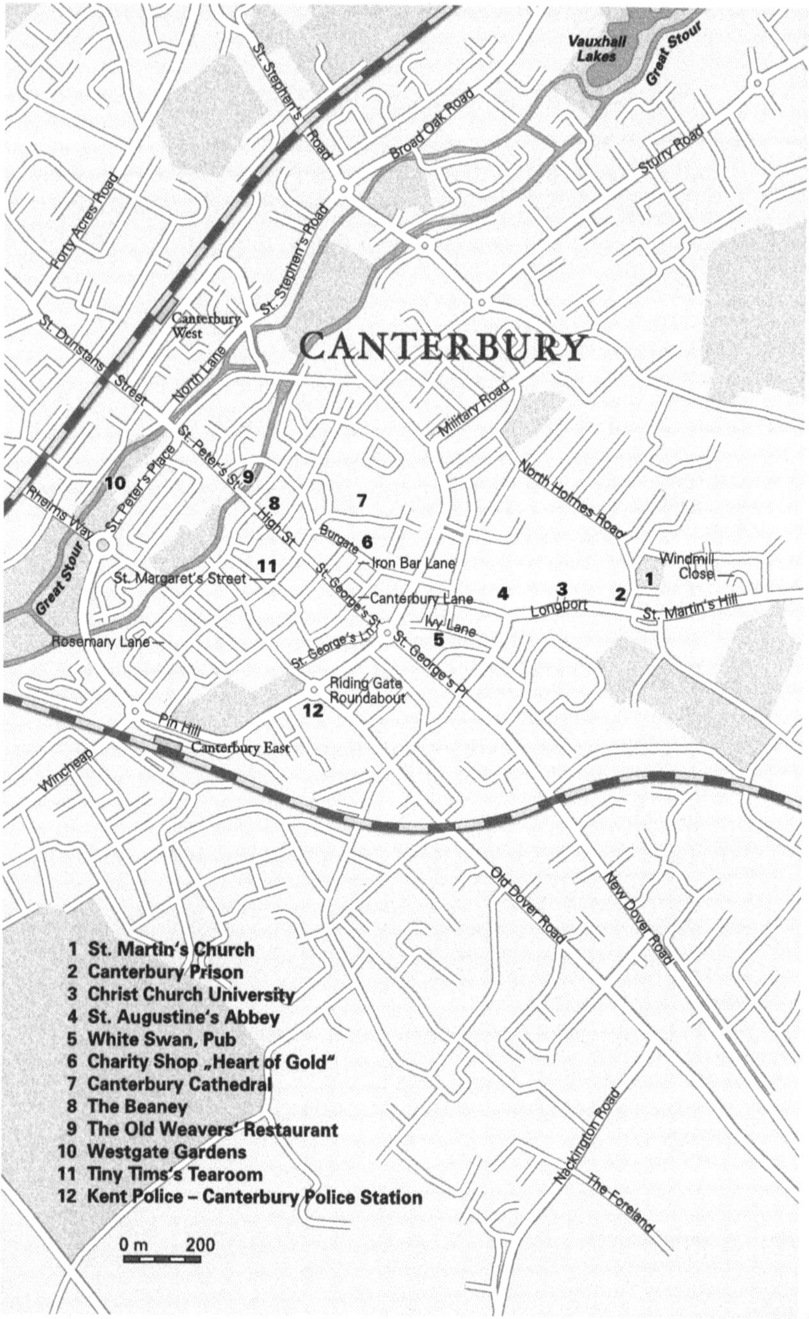
CANTERBURY
Vauxhall Lakes
Great Stour
St. Stephen's Road
Broad Oak Road
Sturry Road
Forty Acres Road
St. Stephen's Road
Canterbury West
St. Dunstans Street
North Lane
Military Road
St. Peter's St
North Holmes Road
St. Peter's Place
Rheims Way
High St
Burgate
Iron Bar Lane
Windmill Close
Great Stour
St. Margaret's Street
St. George's St
Canterbury Lane
Longport
St. Martin's Hill
Ivy Lane
Rosemary Lane
St. George's Ln
St. George's Pl
Riding Gate Roundabout
Pin Hill
Canterbury East
Wincheap
Old Dover Road
New Dover Road
Nackington Road
The Foreland
1 St. Martin's Church
2 Canterbury Prison
3 Christ Church University
4 St. Augustine's Abbey
5 White Swan, Pub
6 Charity Shop „Heart of Gold"
7 Canterbury Cathedral
8 The Beaney
9 The Old Weavers' Restaurant
10 Westgate Gardens
11 Tiny Tims's Tearoom
12 Kent Police – Canterbury Police Station
0 m 200